GAEA

GAEA

符紙婆婆

Tales of Mystery

詭語怪談系列

星子——著

符紙婆婆

目錄

第一章　讓她從這世上消失……05
第二章　媽媽快點醒過來……27
第三章　我要當大哥……53
第四章　棄養犬的復仇……71
第五章　最後最後一支舞……91
第六章　萬人迷……119

第七章　一夜打不死……151
第八章　好姊妹……171
第九章　好哥兒們……193
第十章　蛇鼠一窩……213
第十一章　晚餐時間……251
第十二章　講鬼公公……271
後記／星子……296

第一章 讓她從這世上消失

深灰色虎斑大野貓坐在小巷裡一角，瞪著一雙大眼睛，直勾勾望著蹲跪在他面前的男人。

男人戴著鴨舌帽，一身深灰色運動服，身旁擺著一個滾輪小行李箱。

「貓大爺，我有事想找符紙婆婆，請您帶路，感激不盡、感激不盡、感激不盡……」

他單膝跪地、堆滿笑臉，小心翼翼地將幾片零食魚乾擺放在虎斑貓面前，拜神似地對著貓喃喃低語。

「貓大爺……」男人推了推眼鏡，心虛地抬頭望了望四周。「我眞的有事……想向符紙婆婆求符，請您帶路，感激不盡……」

或許是出於心虛，或許是不想在這條靜謐寂寥的小窄巷裡引起注意，男人盡量壓低說話聲音。巷子外那條稍微寬敞的街上也沒太多人，周遭大部分低矮老房的門戶都緊閉著，也不知裡頭是否還住著人。這兒是個不起眼的小鎭，男人來到鎭上晃蕩大半天，也不見一個年輕人。

「咳咳……」男人尷尬地輕咳兩聲，就怕野貓沒聽清楚，稍稍加大了聲音，卻又有些擔心話被人聽到。

他第三度說了剛剛那句話——

「貓大爺，我是眞的眞的有事要找符紙婆婆呀，請您帶路，謝謝、謝謝……」

男人身上散發著濃濃的茉莉花香氣是經高人指點，捏在手裡的小魚乾則是自己的點子。

他身旁的行李箱，裡頭裝著要獻給符紙婆婆的謝禮。

只為求一張符。

那名「高人」聲稱，只要將茉莉花的汁液抹在身上，就能向路上的野貓打聽出符紙婆婆的藏身處；接著，只要誠心誠意帶著謝禮拜訪，就能從符紙婆婆筆下求得一張符——一張有求必應的符。

男人自認精明幹練，對高人的說法當然是嗤之以鼻，當時他只是陪一位朋友去讓那高人算算命盤，心中暗嘲朋友迷信，卻也有些讚賞高人話術高明。

但兩週後，朋友多年來的心願竟眞實現了。

這令男人咋舌且欣羨。

因為他心裡懷抱著一個和朋友差不多的心願。

他朋友成功了，他還沒有。

他朋友的成功，讓他心中燃燒起如同燎原野火般的希望。

「還是不對嗎……」男人對虎斑野貓重複了第五次或第六次相同的喊話後，失望地起身。

在這野貓之前，他已在鄰近巷弄裡對六、七隻野貓講過同樣的話了，沒有一隻野貓搭理他，不是懶洋洋地賴在原地，就是叼了他的魚乾就溜得不見影蹤。

他揉了揉蹲得發麻的腿，轉頭四顧，心想這附近的野貓他幾乎都打過照面了，或許得換個新地方尋覓些新野貓。

正當他轉身要走時，聽見了背後傳來一聲長長的咪嗚聲，和緊接在後的說話聲。

「你要走去哪兒？符紙婆婆的巷子要往這兒喔。」

那道聲音不像人類的說話聲。

在這剎那，男人的心臟幾乎要嚇得從胸腔飛出口。他急急轉身，只見那隻虎斑野貓竟以雙足站起，揚起爪子指向巷子深處一條更小的岔巷。

「眞、眞、眞的……是眞的！」男人又是驚喜、又是激動，顫抖地走向直挺挺站著的虎斑貓，將整包魚乾朝他遞去。

「謝了。」虎斑貓一爪扒來整包魚乾，像人類孩童吃零食般往嘴裡倒送，帶著男人轉入小岔巷。

「剛剛……剛剛好像沒有這條巷子，對吧。我來回走了好幾次，並沒有看到有這條巷子……」男人怯怯地問，期待而緊張地跟在那虎斑貓身後。

虎斑貓也沒理會男人，自顧自地吃著魚乾，繼續往前走。

男人不敢多問，靜靜跟在後頭。

這極爲狹窄的小巷子裡，時空彷彿凍結著。

四周沒有風也沒有聲音，片片枯葉與廢棄廣告傳單，甚至有垃圾袋子和空鋁罐，都像失去重力般緩慢地飄浮在空中。

蜿蜒漫長的小巷，盡頭是堵牆，原來是條無尾死巷。

右側磚牆下方有個小小牆洞，不時有貓兒鑽進鑽出。

左側牆面上則有扇半掩小木門。

「就是這裡，自己進去吧。」虎斑野貓揚著爪子指了指左邊的木門，便抱著整包魚乾鑽入了右邊牆洞。

男人吸了口氣，推門進去。

那是個奇妙的、昏暗的，約莫一坪再大一些的小房間。

一個老得難以估計年紀的老太婆，坐在一張老得難以估算年歲的木桌後，她的雙瞳矇矓而混濁，銀白色的頭髮紮成髮髻，穿著一身不符合時代的藏青色棉襖，枯朽細瘦的左手腕上掛著一個碩大殷紅的血玉鐲子。

木桌上擺著一疊疊黃符紙、一排中小號毛筆和幾碟各色墨汁。

木桌角落，佇著一隻紫灰色大貓。

大貓那雙淡青綠色眼睛微微閃耀光芒，猶如寶石一般。

「你發什麼呆？」紫灰色大貓優雅舔著爪子、說著人語：「關門，坐下吧。」

「是……是是……」男人連忙擠進狹窄的房間裡，將門帶上，拉過老木桌前的木板凳，在符紙婆婆對面坐下。

他抬頭望了望頭頂上方垂著的那顆黃色燈泡，昏暗的光線裡飄漫著點點塵埃。混濁的空氣裡彷彿融合了蚊香、廚房的滷物、老舊布料霉味和奇異的花草香氣，令男人隱隱想起許多年前爺爺奶奶家裡的氣味。

「你知道這兒的規矩吧。」紫灰色大貓說：「你想求什麼符？」

「我……我聽說過……」男人瞥了符紙婆婆身旁木櫃子幾眼，一個個櫃格裡塞滿了各式各樣的書籍和雜物，那些破舊書皮上的字，他一個也不認得。

「婆婆寫符，有求必應，但是求符的人得付出相對應的報酬……」他怯怯地說。「否則……會反噬己身……」

「差不多是這樣。」紫灰色的大貓搖了搖尾巴說：「但規矩沒這麼死，有時嚴厲一點、有時寬鬆一點；總之，等你燒了符就知道答案囉……你帶來了什麼？」

「我不知道婆婆喜歡什麼，只好用猜的……」男人拉了拉他那手提行李箱，左看右看也沒找著附近還有能讓他攤放箱子的位置，只好起身，將箱子擱在木板凳上，小心翼翼地揭開。

箱子裡是一綑綑千元大鈔，每一綑鈔票都厚得像塊磚頭，足足十綑。男人將鈔票磚頭，恭恭敬敬地往木桌空處上堆。

符紙婆婆望著那些鈔票磚，像是望著真正的磚頭一般毫無反應。

「不……不只這些……」男人見符紙婆婆對鈔票興趣缺缺，又從行李箱夾層中取出幾個黑色小袋。

他先在桌上攤開一條手帕大小的黑布，接著從小袋中取出各式各樣的戒指、手鐲和金項鍊，小心翼翼地放在布上。

「嘩——」符紙婆婆這才咧開嘴巴，沙啞地笑了起來。她像個見到糖果和玩具的孩童，緩緩抓起一枚枚閃亮亮的鑽石戒指、翡翠鐲子和珍珠項鍊賞玩著。

「眞是貴重呢。」紫灰色大貓瞇著眼睛，嗅了嗅鈔票堆，又分別嗅了嗅黑布和被符紙婆婆抓在手上把玩的項鍊和戒指，說：「每疊一百萬，十疊有一千萬；這珍珠項鍊有兩百萬、鑽戒一百萬、翡翠鐲子……」

紫灰色大貓將鼻子當成便利商店櫃檯上的條碼掃描器般，將男人奉上的每樣珠寶都嗅出了個數字。

「將近兩千萬，眞大手筆。」大貓用後足扒了扒頭，問：「你想求什麼符？」

「我……」男人吸了口氣、搔了搔頭，一下子不好意思開口，扭扭捏捏好半晌，才說：「我想讓我太太……從這世上消失。」

「哦——」大貓像是一點也不意外地揚了揚尾巴，盯著男人那張尷尬笑臉，問：「你的意思是……咻的一聲就不見了的那種消失？然後再也沒有人找得到她了？」

「不不不……不是失蹤，我不要她失蹤，我要她……要她……」男人連連搖頭，然後長長吸了口氣，說：「我要她死。」

「原來想買凶呀。」紫灰色大貓咪嗚一聲。「人命的價碼，很貴很貴喔。」

「我……我不確定夠不夠，如果不夠的話，事後一定補上！」男人急急地搓著手。「這不能怪我，都是她……都是她……」

「喔？都是她怎樣？」大貓骨溜溜地轉動寶石眼珠，靜靜聽著男人數落起他的妻子——

男人外表高大健朗，模樣看來比實際年紀還要年輕些。

從他的敘述聽來，他相當富有，位居某知名企業裡的高層職位。

但他並不滿足。不滿足之處，在於他在該企業當中已再無升遷的可能，因爲坐在比他更高一層位子上的那個人，正是他的妻子。

此企業，是他已逝岳父一手創辦而成。

二十餘年前，他僅是妻子身邊兩名助手之一。他攀上公司第二高位也不過是兩、三年前的事，當時公司最後一名老臣辭世，他覺得自己的時代終將要到來了，因爲那些過時的老傢伙總是和他作對，而擁有最終決策權的妻子卻一再支持老頑固們的立場。

然而這兩、三年來，他時常有種「明明已是清晨，太陽卻未升起」的錯覺——妻子依舊不那麼認同他對企業營運的種種見解，老傢伙們早已離世，但他們的想法卻仍然影響著妻子思考判斷。

「這間公司永遠也不會是我的……」男人不只一次在酒後哀怨地向諸多友人訴苦。

「公司是老婆的，老婆是你的，這還不夠嗎？」朋友甲這麼開導他。

「我是我老婆的才對……」那時他自卑地答：「而且我早已不愛她了。」

「有本事自立門戶啊。」朋友乙這麼激他。

「我只懂這領域，但這行的第一把交椅就是我老婆的公司，我怎麼自立門戶？」他完全反對這提議。「她會動用一切力量把我生吞活剝的。」

「那你有點骨氣，放棄現在的一切，揮揮衣袖不帶走一分財產，去找尋新的眞愛和新的志業啊！」朋友丙對他的優柔寡斷有些不耐。

「我沒骨氣。」他答得十分乾脆。

「說來說去，好像只有一個答案可以滿足你。」朋友丁哈哈大笑。「只要你老婆走了，你就稱心如意了！」

那時他沒有接話，但雙眼隱隱露出像是覓得正確答案的光彩。

數個月後，他陪朋友丁尋訪高人。

這才間接見識到符紙婆婆的神蹟。

「先生，坦白說，我對你的家務事沒有太大興趣。」紫灰色大貓在男人花了二、三十分鐘時間，講述他對妻子的各種不滿——公事上的不滿、私事上的不滿、房事上的不滿和許許多多不滿之後，終於抖了抖尾巴，喵嗚一聲說：「我只是一隻貓，你對我說這些也沒用，婆婆的符就快寫好了，你自己看著辦吧。」

「呃！」男人這才大夢初醒，望向符紙婆婆正按著寫的那張符，似乎已勾到最後一筆。

符紙婆婆握的那支中楷毛筆看起來平凡無奇，像是文具店裡就能買得到的便宜貨，但寫在符上的墨汁卻是奇異的紫黑色。

龍飛鳳舞的墨跡上還隱隱透著螢光。

符紙婆婆收了筆、捏起符，端在空中左右翻看，然後鼓起嘴巴朝符紙吹了好一會兒風，才瞇著眼睛、嘻嘻笑地將符放下，輕輕推到男人面前。

「謝謝……」男人遲疑地拿起，問：「這符……」

「等你離開這裡之後，將符燒去，立刻生效。」紫灰色大貓不等男人開口，便告訴他使用方法。

「什麼……」男人咦了一聲，訝異這使用方法比想像中容易。他站起身準備離去，突然又想起了什麼。回頭望著紫灰色大貓，說：「那麼……我還須要付多少尾款？」

「不知道。」紫灰色大貓答。

「不知道？」男人一時不明白。

「不知道的意思，就是不知道。難道『不知道』這三個字，還有其他意思嗎？」紫灰色大貓說：「我只知道那張符很貴，但不知道究竟有多貴。總之，符紙燒出來的效果如何，一切全看婆婆心情。」

「看婆婆心情？」男人顯得面有難色，他雖然主動問及尾款，但開口前，心裡其實覺得兩千萬已經足夠了——他曾經相當隱晦、含蓄地打聽過殺手的行情，某些三、四流的殺手，幾十萬即可買到；高明一點不留痕跡的，一、兩千萬足矣，畢竟他的目標並非皇親國戚，難度不算高。

「那如果婆婆心情……不太好，會有什麼後果？」男人怯怯地問：「我可以主動補上不足的款項嗎？」

「你後來補上的東西，婆婆喜不喜歡，一樣要看她心情呀。」紫灰色大貓這麼說。「至於婆婆心情好不好而導致的結果好不好，我也很難說得準。如果實在很擔心，你可以選擇不用它。記住，我們之間這個契約成立之時，是你在燒符的時候。你不燒，隨時可以回頭取走你帶來的東西，但符一旦燒了，就不得反悔了。」

□

五星級飯店浴廁裡，那面光潔的大鏡子映著男人緊張興奮的臉。

他的腳在顫抖，手也在顫抖，他口乾舌燥，覺得心頭有把火正熊熊燃燒著。

他用顫抖的手從口袋中取出皮夾，顫抖地打開皮夾中一處隱密的夾層——這夾層可是他花了點工夫手工造出來的。

他顫抖地捏出了摺成方形的符。

在浴廁鵝黃燈光的照映下，黃符上龍飛鳳舞的一團紫黑色墨跡，隱約流轉著奇異螢光。

今天距離他向符紙婆婆討來這張符，已經過了一個月。

起初他花了整整兩週的時間考慮，還探訪那位完成心願的朋友丁幾次後，見他摟著新情人一副神采飛揚的模樣，終於下定決心燒了符，還從數個戶頭中提出屬於自己的全部財產，分成數批補給符紙婆婆。

「這樣夠了嗎？」男人每一次都這麼問。

「不知道。」紫灰色大貓每次都這麼答，有時會補上一句：「可能夠了，可能不夠。」

然後，男人替自己爭取到一個七天六夜的異國出差行程。

而今天，是七天六夜的第一個晚上。

他顫抖地捏著打火機，撥出火。

小小的、搖晃著的火尖，像是鎖命鬼的爪子，一勾著黃符角就再也停不住，飛速擴散開來，燒著了墨字，燒出一陣陣眩目光彩和奇異薰香。

花花亂亂的彩光美麗得像將銀河拉近到眼前；那股香氣他從來也沒聞過，好聞得令他恨不得在臉上多裝兩、三個鼻子。

他覺得自己置身天堂。

時間不知道過了多久。

一陣刺耳的電話聲將他喚回了神，他有種做了壞事被發現的心虛感，急急忙忙衝出廁所，翻出手機，然後他瞪大了眼睛、張大了嘴巴。

電話那頭是公司撥來的越洋電話，急急告知他妻子車禍身故的消息。

「是、是是、是是是，等我回去，一切等我回去再說……」他夢囈般重複著同樣的字句，電話那端祕書哭喪的聲音他一個字也聽不進去。

男人掛上電話，爲了安撫自己幾乎要撞穿胸膛的心跳，手忙腳亂地開了瓶紅酒，半杯接半杯地喝了大半瓶，這才稍稍紓緩了心情。

他端著紅酒來到客房落地窗邊，俯瞰這美麗異國城市夜景，想起自己年輕時與妻子相處的情景。

他有點感傷。

他落了淚。

差不多兩、三滴。

兩、三滴後，他喝下更多酒，想擠出更多眼淚來洗去胸中隱隱漫出的罪惡感。但他擠不出來，反而要稍加費力，才能壓抑臉上不停湧現的笑意。

他其實並不恨妻子，也有些感傷以後再也見不著她的笑容了……但再也見不著她的笑容，也代表再也不用忍她潑辣，再也不用聽她斥責，再也不用事事過問她意見。

更重要的，她的公司，終於是他的了。

他很難不笑。

□

妻子的喪禮辦得十分隆重。

喪禮上男人流下了或許比過去幾十年加起來還多的眼淚。

他覺得以後再也不須要流眼淚了——畢竟喜極而泣，哭光眼淚後剩下來的就只有喜了。

他得到了想要的一切，沒有妻子的束縛，他掌握了全部的權力。公司在他主導經營下，如同飛龍衝天般扶搖直上。

同時，他的新歡一個接著一個，有時兩、三個，有時七、八個。

這如夢似幻的人生，幾乎挑不出一絲不滿。

但漸漸地、漸漸地、漸漸地……

他開始覺得有點不對勁……

他站在比以前與妻子同住的美麗自宅還要豪華數倍的豪宅浴廁鏡子前，盯著自己的模樣。

他摸著自己的臉，覺得怪怪的。

但他說不上來究竟哪裡怪，他知道這個月自己大約親吻超過三十名女人，但他竟然想不起那些女人的臉。

就連親吻的滋味也遙遠得像許多年前的年少往事。

不只是女人，他開始察覺發生在身邊的任何事，都有種難以言喻的陌生感，彷彿隔了一層紗、一面玻璃，甚至是一堵牆。

他十分難以形容這種感覺。

他走出廁所到餐桌前，望著對他笑逐顏開的女人，和端菜上桌的家僕——也是位美女。

他覺得她們好陌生，雖然大致分得出家僕和賓客的區別，但就是覺得怪怪的。

他拿起叉子，扠了塊肉放入口中，肉也怪怪的。

叉子也怪怪的。

他覺得嚼在口中的東西淡而無味，他不記得牛肉該是這種味道。

他也覺得拿在手中那支華美銀叉，竟軟薄得像紙一樣，儘管功能似乎沒有喪失。

紅酒喝起來也怪怪的，端著杯子的觸感也怪怪的。

水果吃起來也怪怪的，躺上大床的感覺也怪怪的。

美麗女人摟著他胳臂撒嬌說話的樣子怪怪的，她身上的衣服也怪怪的，衣服底下的胴體更奇怪了，以致於兩人裸著身子像兩條蛇交纏在一起時也怪怪的。

然後他爲了證明身邊那嬌喘不休的女人確實怪怪的，還將年輕美麗的家僕也拉入房裡，對她做了一模一樣的事。

一模一樣地怪怪的。

□

男人終於找到那條巷子。

他甚至想不起來當年求符離開後，究竟過了幾年。

但他覺得應該就是眼前這條巷子。

他盯著巷子裡每一隻貓，他跪在地上磕頭，求貓大爺帶他去見符紙婆婆，並打開一個又一個高級罐頭放在貓兒面前。

罐頭怪怪的。

貓也怪怪的。

在不知打開第幾個罐頭後，終於有隻貓帶他走入那條時間凍結的小巷裡，來到熟悉的小木門前。

他拖著兩個大行李箱，吼叫著撞進小木門裡。

映入眼簾的情景和他當年離開時幾乎沒有分別——

紫灰色大貓伏在桌子上，一雙青綠色眼瞳美麗得像寶石；符紙婆婆瞇著眼睛、一身藏青色棉襖，樣子一點也沒變。

「怎麼回事？」男人用接近嘶吼的聲音喊。「到底怎麼回事？」

「什麼怎麼回事？」紫灰色大貓抖了抖尾巴。

「符……符出了什麼問題？」男人問。

「符沒有問題。」紫灰色大貓伸長了脖子，打量男人的模樣。「你向婆婆買過符？你覺得哪裡有問題？」

「我……我……」男人覺得自己滿頭大汗，伸手抹了抹，但手上卻又乾澀得沒一丁點水分。他急急地喊：「我覺得……眼前的一切都不是真的，像是……像是在作夢一樣……」

「抱歉。」紫灰色大貓搖搖頭。「向婆婆買符的人很多，我不記得你了，你買了什麼符？」

「我……」男人咬咬牙，說：「我買了一張……讓我妻子從世上消失的符。」

「哦——」紫灰色大貓發出一聲猶如「原來如此」的鳴叫，淡淡地說：「那或許你付出的報酬不夠，雖然不記得你，但我一定曾經對你說過，人命是很貴的——但究竟貴到什麼程度我也不知道，你得自己看著辦。」

「自己看著辦？」男人瞪大眼睛，氣憤地將兩個行李箱轟隆甩上木桌，啪啦啦掀開，裡頭是滿滿的珠寶。他大吼道：「當初我付了幾千萬，還不夠嗎？我現在就補上尾款！這些夠不夠？夠不夠？」

「燒了符之後才添酬補款，也不是不行……」紫灰色大貓喵嗚一聲，伸長了脖子在兩個大行李箱上嗅了嗅，說：「只是你這些東西，一文不值。」

「什麼！」男人瞪大眼睛，吼叫著說：「這些東西花了我好幾億，你說一文不值——」

他覺得就連自己的吼叫，都怪怪的。

猶如夢囈般無力。

「你剛剛不是已經說出答案了嗎？」紫灰色大貓打了個哈欠。「這些珠寶，是你夢裡的東西，不是眞的珠寶，當然一文不値。」

「夢……」男人顫抖地說：「這是我的夢？我在作夢？」

「應該是吧。」紫灰色大貓說：「你想要妻子從世上消失，但你的報酬買不起人命，那張符便替你打造出一個符合你心意的世界囉……」

「什麼？符合我心意……的世界？就是一場夢？你們收了我兩千萬，只讓我作場夢？」男人感到一陣毛骨悚然，以及強烈的憤怒。他握緊拳頭，露出了想將眼前那老得看不出年紀的符紙婆婆，和紫灰色大貓一起掐死的神情。

他甚至付諸行動了。

他撲上桌子，一把掐住符紙婆婆的頸子，但雙手卻一點也使不上力。

符紙婆婆似乎並不介意男人這無禮的舉動，反而啊呀一聲，想起了什麼似地略微彎下身，從木桌底下的小竹簍裡撈出一份報紙，瞇著眼睛咧嘴笑著將報紙遞給他。

報紙刊登的是男人的照片，內容這麼寫著——

知名集團副總，國外出差，離奇自殺，經緊急送醫撿回一條命，至今仍昏迷不醒。

「這……這是我？」男人不敢置信地大吼：「我哪有自殺，我是燒符！是你要我燒的！是你們賣符給我的！是你、是你……」男人一面說、一面掄拳毆打大貓，但他的拳頭打在那貓身上，猶如羽毛輕拂，還搔得大貓翻過身露出了肚子，示意他力道得再大點才舒服。

「是你自己要買的。」紫灰色大貓懶洋洋地打了個哈欠。

「就算這是夢，為何現在越來越假？之前很長一段時間，明明很真實的……」男人喘著氣，頹喪地說。「真實得讓我以為……這一切都是真的！」

「就算是夢，也沒那麼便宜啊。」紫灰色大貓說。「好幾年的天堂時光，你以為花幾千萬能買得到？」

男人儘管怨恨，但無話可說，當幾年的皇帝，幾千萬確實難買，但他仍不服氣，「這不公平……我付出了錢，還賠了我的人生……只得到……一個越來越假的長夢……」

「公平？」紫灰色大貓又打了個哈欠，揚揚尾巴。「我們賣的是符，我們沒賣公平。」

男人還想說什麼，甚至又想要多打大貓幾拳，但是他背後喀啦一聲，木門開了，符紙婆婆瞇著眼睛嘻嘻笑地站了起來，搖搖晃晃走到一處小櫃子前，翻找起貓飼料來，同時對男人搧了搧手，下了逐客令。

男人羽毛般輕盈的身子被這麼一搧，往後飄出門，還依稀聽見紫灰色大貓的說話聲。

「你若真崇尚公平，又怎麼會來向婆婆求那樣的符呢？」

「不、不不不……」男人慌亂揮手抓著風，不願離去，但他的身子越飄越遠，不停往巷子外飛。

他帶去的兩個大行李箱也同時飛了出來，裡頭他認為價值數億的珠寶全撒了出來，飄在空中、打在他的臉上。

隨著珠寶打在他臉上的還有幾份報紙，照片上是他插管躺在病床上的模樣，照片裡的他臉顯得蒼老許多。

報紙和珠寶打過他臉龐的觸感，都怪怪的。

男人飄出巷子，不知飄去了哪兒，他得繼續過著這怪怪的，甚至越來越怪的漫長日子。

時間凍結的巷子裡不時跑過幾隻大貓小貓，有時他們也會帶來一些新的人，不知所措的人、心有圖謀的人、愛上人的人、恨透人的人。

每一個人想求的符都不一樣。

每一張符的價錢，也不一樣。

第二章

媽媽快點醒過來

陽光灑進這條巷子，將不久前那陣疾來疾去雷陣雨後的地面積水映得閃閃發亮。

約莫五歲大的小女孩走在巷子裡，懷中抱著一個小小的豬公存錢筒，她一身衣褲樣式老舊，寬大得不符合她的年紀。

她的上衣胸口處有枚動物別針穿著兩朵已半枯萎的茉莉花。

她驚訝地望著飄過身邊的片片枯葉和報紙碎片，望著頭頂上緩緩飛過的蝴蝶，望著前頭那隻三花貓踩過的積水。

眼前的一切都好慢。

好慢、好慢。

像是電影慢動作特效一樣。

三花貓踩過的積水濺起的兩環水花圈圈，極為緩慢地往上擴散灑開，變成了點點滴滴的大小水珠。

幾滴水珠緩緩地往小女孩身上濺來，她略微側身，避開那些以慢速度飄來的水珠。

然後，她見到頭頂上的蝴蝶離她越來越近，蝴蝶用極慢的速度振翅。她好奇地舉起手，伸出食指，想碰碰蝴蝶的翅膀。

但她還是忍住了，覺得自己或許會一不小心碰得太大力，在那美麗的蝴蝶翅膀上，留下和自己胳臂、雙腿及身子上一樣的烏青傷痕。

小女孩見到前頭的三花貓停下腳步轉頭等她，趕緊跟了上去。

他們來到了巷子的盡頭。

三花貓抬起爪子，指了指小木門，然後一溜煙鑽進了牆洞裡。

小女孩嘎吱地推開老朽木門，怯怯地進門，望著木桌後的符紙婆婆、木桌上那隻紫灰色大貓，和攀在大貓頭頂上的土黃色小貓。

紫灰色大貓身形粗壯，甚至比一般小型寵物狗還要略大一些。

土黃色小貓則僅有約莫一個成人巴掌大。

「生意上門了！」土黃色小貓興奮地在紫灰色大貓腦袋上站了起來，尾巴豎得又直又挺，喵喵叫著：「有生意上門了、有生意上門了！」

「地瓜，不要吵。」紫灰色大貓懶洋洋地打了個哈欠，轉動著他寶石般的雙眼望著小女孩。「小妹妹，妳怎麼知道這個地方？」

「我……我……」小女孩怯懦不敢開口，比起會說話的貓，似乎更害怕眼前的符紙婆婆。

她從來沒見過這麼老的人。

符紙婆婆咧開嘴巴，呀呀笑了起來，伸手對小女孩打招呼，還搖搖晃晃地從身後一座小櫥櫃裡翻出一個小鐵罐，打開蓋子，挖出幾顆看起來像糖果的小東西，拋在木桌上。

小女孩被糖果撒在桌上的脆響聲音嚇得微微一抖，望著婆婆混濁的雙眼和彷如黑洞的嘴巴，也不知道她究竟是在生氣還是在笑。

「別怕。」紫灰色大貓這麼說：「婆婆喜歡小孩，她給妳糖果吃，不用錢，妳吃吧。」

「吃呀、吃呀。」土黃色小貓從大貓頭頂躍至桌上，將三顆糖果撥到小女孩面前。

「妳知道這是什麼地方嗎？」大貓望著她手中的存錢筒。「妳知道自己是來幹嘛的嗎？」

「我……我知道……」小女孩點點頭，說：「我想要許願……」

「許願？這裡不是讓人許願的，這裡是讓人求符的。」小貓用小小的爪子抓起一顆糖，俐落地打開糖紙扒出晶瑩剔透的紫色糖果，捧向小女孩，興奮地說：「快吃快吃，婆婆小鐵罐裡的糖果最好吃了。」

小女孩本覺得糖果包裝紙黑漆漆的有些嚇人，但見小貓剝去包裝紙，露出的糖果竟然晶亮剔透得像水晶寶石，還微微閃動螢光，忍不住張開口將腦袋往前湊，讓小貓將糖果擱進嘴裡。

「唔……」小女孩含住糖，七分甜混著三分酸的滋味在舌尖化開，一股濃郁的葡萄香氣從口腔蔓延至鼻腔，又香又甜、又甜又香。

她瞪大眼睛，不敢置信這世上竟然有這麼好吃的糖果。

距離上一次吃糖，已是好幾個月前的事了——

那時她獨自一人，孤伶伶地在公園裡盪著鞦韆，將一個小男孩吐在地上的糖撿起放進嘴裡，小男孩見她竟然撿自己不要的糖吃，嘻嘻取笑她，她也不在意，反而覺得奇怪：這麼好吃的東西，你爲什麼要吐出來呢？

小男孩的媽媽遠遠聽見他的嬉笑聲，湊過來問了明白，然後捏著小男孩耳朵要他將整包糖果都送給小女孩，還給她買了些麵包和牛奶，送她回家。

小女孩以爲自己遇見了菩薩。

她以爲媽媽和山豬叔見到她帶著麵包和牛奶回家，一定會開心地稱讚她。

但事實與想像總是不一樣。

那晚如果不是媽媽用身子緊緊護著她，山豬叔可能會將她的手和腳打斷成好幾截。

山豬叔倒也不是怕丟臉，而是討厭陌生人登門拜訪。

「其實許願和求符也沒有太大區別，不過來我們這裡求符呢，是要有代價的……」大貓頓了頓，正要繼續說，但小貓用後足站了起來，兩隻小爪子高高揚起，搶先說道：「來到我們這裡求符呢，是要有代價的！不同的符，價碼都不一樣，有的符便宜、有的符很貴，便宜的很便宜、貴的好貴好貴好貴，妳……」

「地瓜，現在還沒輪到你值日。」大貓將叫作「地瓜」的小貓拎了起來，扔到角落，對他說：「你現在乖乖見習，以後有得是機會說話。」

「値日生有什麼了不起，値日生有什麼了不起！」地瓜在牆角來回走動，忿忿不平地說：

「以後換我當值日生，你一句話也不准插嘴！」

「等你當上值日生，我舒舒服服睡覺，誰像你廢話這麼多。」大貓這麼說，跟著轉頭望向小女孩，說：「妳來見婆婆，想求什麼符？」

「我想要媽媽醒來……」小女孩將豬公放在木桌上，她的身高比同齡女孩還要矮一些，腦袋只比木桌高出十餘公分。

「妳媽媽生病了？」大貓望了望小女孩，又望了望木桌上半滿的豬公。

紅色半透明的豬公裡頭大多是一元和五元的銅板。「小妹妹，我希望妳明白，用來治病的符，非常非常貴呀……」

「有……有多貴？」小女孩像是聽見了可怕的答案，淚水在眼眶裡打轉。

「有多貴？」大貓似乎覺得這個問題不易具體回答，只好說：「絕對比看醫生貴很多。」

符紙婆婆見小女孩泫然欲泣，便轉身又從櫃子裡翻出一架小飛機模型，抓在手中揮來晃去，對小女孩擠眉弄眼。

「是誰要妳來這裡求符的？」大貓問。

「是……是媽媽……」小女孩說：「但是她走不動了……她本來要帶我找符紙婆婆的，但是山豬叔把她偷偷存的錢都拿走了，還打她。她沒有錢，又走不動……她說……只要帶著茉莉花，就會有貓貓帶我來見符紙婆婆……這是她朋友告訴她的……」

她含著糖，低頭看著別在胸前那兩朵已半凋零的茉莉花。

「嗯。小妹妹，婆婆不會拒絕任何人求符，但是續命延生這件事，很貴很貴……如果是連醫生也治不好的病，這張符世上恐怕沒多少人買得起……」紫灰色大貓用爪子拍了拍她按著豬公的小手，說：「妳媽媽生了什麼病？」

「我不知道……她身體不好，山豬叔常常幫她打針，山豬叔也拿針打自己……」小女孩紅著眼說：「她睡兩天……還是三天了，一直沒起床，我叫她，她也不醒，她的身體都變得硬硬的了，我不知道這是什麼病……」

「……」大貓一時無語，低頭嗅了嗅豬公存錢筒。

兩百五十七元。

「妳剛剛說——」大貓盯著小女孩的雙手，目光掃過她胳臂、大腿上斑斑條條的傷痕，說：「那個山豬叔幫媽媽打針，他是做什麼的？」

「我……我不知道……」小女孩搖搖頭，說：「他們沒打針的時候，山豬叔會帶媽媽去上班……」

「然後再把賺來的錢，拿去買針裡的東西，是不是？」大貓隨口問。

「我不知道……」小女孩紅著眼、低下頭，似乎覺得自己跑來求助，卻什麼都不知道，有些丟臉。

「沒關係，妳本來就不須要知道這些事情。」大貓嗅了嗅小女孩的手，說：「那個山豬叔，應該不是妳爸爸吧，他和妳媽媽是什麼關係？」

「我……」小女孩望著大貓，神情疑惑，她努力思索著，想認眞回答問題。「媽媽說，我沒有爸爸。山豬叔說，我是媽媽跟野狗生的……山豬叔還說，我跟媽媽都是他養的母豬仔，要聽他的話、幫他賺錢，他才會幫媽媽打針。他說……等我再長大一點，也會帶我去上班。」

「嗯。」大貓伏低前身、伸長爪子、翹起屁股，伸了個懶腰，低著頭在木桌上磨起爪子。

「可是，我想上學……」

小女孩十隻小小的手指，在豬公上輕輕扒動，眼淚終於嘩啦啦落下。

「媽媽說，我不能跟她一樣，她不想要我上班，她要我上學……她說，我要乖乖上學，才不會和她一樣……」小女孩不甘心地說：「她已經幫我存好學費了……還幫我買了一個新書包……是全新的書包，不是其他小朋友不要的……但是……山豬叔把媽媽存的錢……全部都拿走了，嗚哇——」

小女孩抓著豬公，嗚哇哇地哭了起來。

符紙婆婆放下玩具飛機，探長身子拍了拍小女孩的頭，然後將手繞至她的下巴。

接下幾滴她的眼淚。

「呀——」符紙婆婆咧嘴笑著，望著掬在手中黃豆大的淚滴，像在欣賞一顆鑽石；跟著她讓淚滴在硯台上，捏起一截短短的墨條壓上淚滴，沙沙磨動起來。

說也奇怪，那豆大的淚滴竟磨出了好幾倍的墨漿。

「小朋友。」紫灰色大貓伸爪將小女孩的手從豬公上拉開，抱起豬公對她說：「妳帶來的報酬，婆婆收下了。」

符紙婆婆抓起毛筆蘸了蘸墨，在黃符紙上畫下第一筆——

那一筆，壓出一塊拇指大的墨跡，跟著流暢拖曳出細細的筆畫，遊龍舞鳳地飛遍整張符。

符紙婆婆放下筆，捏起符吹了吹，然後推至小女孩面前。

「小妹妹，妳要的符寫好了。」紫灰色大貓緩緩地說：「只不過，這張符的效果，肯定與妳想要的不一樣……畢竟，兩百五十七塊錢，外加一隻塑膠豬公，能買到什麼呢？但有總比沒有好，對吧。妳拿著這張符回家，點火把符燒掉，這樣就行了。」

小女孩抽噎地接過符，點點頭，轉身走出小木門。

巷子裡緩慢依舊，但天色已近黃昏，紅通通的夕陽被夾在前方樓宇之間，緩緩往下沉。

「等等、等等我！」古怪的尖銳喊聲自背後響起。

小女孩停下腳步回頭，剛剛那隻叫作地瓜的土黃色小幼貓，咬著一團黑黝黝的小東西急促地追到她腳邊。

小女孩一下子還不明白發生了什麼事，就見地瓜以後足站起，揪著那黑東西一甩，揹到背上，原來是個黑色的小背包。

他高高蹦起，蹦上小女孩褲管，靈巧地往上爬，一下子便爬到她胳臂彎上。他扭扭身子，將敞開的小背包開口朝向女孩，說：「這是剛剛婆婆給妳的糖果，妳忘記帶走了。」

「謝謝……」小女孩從小背包裡捏出兩顆糖，望了望，放進口袋，喃喃地說：「小貓咪……我只要點火燒掉符，媽媽就會醒來嗎？」

「呃……」地瓜望著小女孩紅通通的眼睛，攤攤爪子說：「我也不清楚，所以芋頭要我來幫妳……他說兩百五十七元實在太少了，要我陪妳回家，看還有沒有值錢的東西，讓我裝進包包裡帶回來給婆婆，這樣符的效果會更好一點喲！」

「真的嗎？」小女孩聽地瓜這麼說，臉上露出一絲驚喜，但隨即又顯出愁容——她完全想不出家中還有什麼值錢的東西。

「別擔心，婆婆什麼都收。」地瓜這麼說。「什麼破衣服破碗，不要的鞋子襪子玩具都可以，我猜婆婆如果不寫符，應該是個收破爛的老太婆。」地瓜說到這還嘎嘎笑了起來。

「好。」小女孩點點頭，任地瓜攀在她身上，往巷子外走。

他們走出了巷子，走上人潮熙攘的大街，再走過幾條小巷。

他們經過一處廢棄的工業廠區，繞開盤踞幾隻兇巴巴野狗的巷弄，走上一處河堤。

他們沿著河堤走了好久，走到天上燦爛雲彩逐漸變成漆黑的夜色，才終於下了河堤。

「怎麼妳家這麼遠啊！」地瓜這才知道，小女孩為了求符，一個人走了這麼遠的路。他氣呼呼地說：「明明有很多條更近的路呀，很多地方都有通往婆婆家的路，是哪隻笨貓替妳帶路的，告訴我，我去揍他幾爪！」

「是一隻小花貓……」小女孩說：「但你不要揍他，我常常一個人出來買東西，我認得路……」

「花貓呀，嘖嘖，我認識的花貓每隻都好笨的，我不知道是哪一隻……」地瓜舔著爪子在腦海數過一隻隻笨花貓的長相，正想多問點細節特徵，便感到小女孩停下了腳步。

終於來到她家公寓樓下了。

她取出鑰匙打開大門，進入樓梯間，一階階往上。

漆黑的公寓梯間瀰漫著一股霉味，梯間黃色小燈壞了好幾盞，但比起同年齡的孩子，小女孩對這陰暗暗的梯間像是一點也不以為意。

和拿著菸頭燙她的山豬叔比起來，

和嚷嚷著討錢的山豬叔比起來，

和猙獰地揮舞籐條的山豬叔比起來，

和沒有針可打時的山豬叔比起來——

這漆黑的樓梯間，連「可怕」這兩個字的邊邊角角，都搆不著。

小女孩來到自家門前，用鑰匙開了門。

漆黑的客廳湧出一陣陰鬱的氣息。

那陰鬱的氣息，可不只是陰鬱而已。

「唔！」地瓜瞇起眼睛、豎起尾巴，用爪子摀著口鼻，已經猜測到接下來可能見到的情景，他喃喃埋怨地說：「臭芋頭，自己不來，叫我來，不是說自己是值日生嗎……」

「那隻大貓叫芋頭啊？」小女孩按下電燈開關。

「對啊，他叫芋頭。」地瓜答。「沒看過這麼大顆的芋頭。」

青森森的日光燈閃爍了十餘下後才完全亮起。

他們身處於猶如垃圾場的小小客廳。

「媽媽、媽媽……」小女孩走過凌亂客廳，來到一間漆黑房間外，朝著裡頭叫喚。

陰暗的房間裡，媽媽的身影蜷縮在床上。

她的姿勢從幾天前，到現在，都沒有變換過。

「等等、等等，別叫了。」地瓜用小爪子摀著鼻子，嚷嚷阻止小女孩開房間的燈。他說：「先燒符呀，妳家有沒有打火機？再多找找值錢的東西，符才會更有效……」

「對耶，要燒符……」小女孩望了望手中的符，轉身要走，又回頭望了陰暗的房間一眼，說：「媽媽，我找到符紙婆婆了，婆婆幫我寫了符……妳快點醒來喔。」

在她短短的生命歷程中，還沒有人教導過她死亡這件事。她真心相信手中的符紙有用，心情愉快很多，她雀躍地在家中櫥櫃翻找打火機，覺得媽媽就快要醒來了。

「嗯、嗯嗯……」地瓜叼著他那黑色小背包四處繞了繞，從桌下、沙發下叼出幾枚零錢，一一放入小背包裡。

「才六元！」他抖抖毛，到處亂蹦，在一處垃圾堆旁，扒開垃圾袋，咬出裡頭沒有分類的啤酒罐塞入背包中——原先只有拳頭大的小背包似乎大了好幾號，不僅能塞入啤酒罐，就連玻璃啤酒瓶都能放入。

「哇！」小女孩終於找到打火機，抬頭見地瓜的背包驚訝道：「你的書包怎麼長大了！」

「是呀。」地瓜理所當然地說：「不然原本那麼小一個包，能裝什麼東西呀。對了，妳家有沒有鑽石、黃金、戒指項鍊什麼的……這些酒瓶根本不值幾個錢啊，連養樂多都買不起，怎麼救命呀……」

「媽媽以前有戒指和項鍊，但是都被山豬叔拿走了……」小女孩搖搖頭，將符放進桌上的菸灰缸，伏在桌邊喀啦啦地撥動打火機，將符點燃。

她歪著頭，盯著從符角燃起的火苗，斜斜燒開吞噬著整張符。

火舌在符字上燒出了點點光彩，那些光點緩緩飄升，在菸灰缸上方縈繞。

她不時回頭望向房間方向，迫不及待地想見到媽媽像以前一樣走出來和她說話。

「不夠不夠，這些破東西完全不夠救命啦！」地瓜像隻尋找食物的老鼠四處亂鑽，他鑽入漆黑的廚房櫥櫃縫隙裡，當眞撞上幾隻老鼠。

那些大老鼠的體形與巴掌大的地瓜相差不遠，一點也不怕他。

「哎呀！」地瓜擠出縫隙，嘴上叼著一支小叉子，大力搖著頭，揮爪拍著身上的灰塵和蜘蛛網，見幾隻老鼠竟從櫥櫃底下追出來想攻擊他，仲掌一爪爪將老鼠扒上半空。那些老鼠摔在地上，吱嘎慘叫，魂飛魄散地溜遠了。

「小妹妹，妳家老鼠膽子好大，敢找貓麻煩，牠們不知道我連狗都打得贏嗎？」地瓜咬著幾支叉子、湯匙繞回客廳，塞進小背包裡，一面向小女孩吹噓，一面繼續探找値錢的東西。

地瓜蹦上破爛沙發旁的小矮桌，上面擺著一個小鐵盒，裡面除了只破錶外，還放著幾支未拆封的針管和橡皮管子，他扒起錶往底下的背包裡扔，然後抱出那些針筒，準備放入背包作爲符籙報酬。

「不行、不行！」小女孩驚恐地跑來擋著地瓜。「這個不行，這是山豬叔的東西，不能帶走……他會打我……」

「要是妳媽媽不醒來，沒有人保護妳，山豬叔不但會打妳，說不定還會吃掉妳！」地瓜瞪大眼睛，恐嚇她。「妳想被他吃掉嗎？」

「不想……」小女孩嚇得全身哆嗦起來，哽咽兩聲又要哭了，她趕緊回頭奔入自己的房中翻找，半晌後抱出一個用破布裹著的東西，走到地瓜面前，哭著說：「我家只有這個是新的，你把這個帶走好了……」

「這什麼破東西？」地瓜喵嗚叫著。

「這是……」小女孩在黑色背包旁蹲下，用小小的手掀開破布，捧出一個嶄新的紅色小書包，說：「這是媽媽替我買的新書包，是全新的，不是撿其他小朋友不要的舊書包……應該很值錢……」

小女孩緊緊抓著小書包，眼裡是滿滿的不捨。

這全新的紅色小書包，對正常家庭的孩子來說就只是個裝書的東西。

但對小女孩而言，小書包在她短短的生命裡，是幾乎不曾擁有過的「全新」東西，完全屬於她一個人的。爲了不讓山豬叔發現，她媽媽用破布將小書包裹著藏在床底下，她每晚忍不住將它從床下撈出來，在漆黑的房間裡揹上，躡著腳在床邊原地踩步，想像自己揹著小書包走進學校的樣子，過足了癮才藏回去。

對她而言，這紅色小書包是價值連城的寶物。

但和媽媽相比，她也只能淚流滿面地將它塞進地瓜的黑色背包裡。

「好吧。」地瓜幫她將黑色背包拉得更開些，背包倏地又變大一號，裡頭那些刀叉湯匙、破鋕空罐，全堆積在底部。

地瓜默默望著淌了滿臉鼻涕眼淚的小女孩緩緩將書包放進去，還不忘提醒她。「小心，手別一起放進去，這包包會咬人喔……」

他還沒說完，突然聽見喀啦一聲。

那是鑰匙插進鐵門鑰匙孔的聲音。

小女孩觸電般顫抖起來，一把抱起地瓜退到角落，將他藏在背後。

山豬叔回來了。

「不要……說話喔。」小女孩抹著鼻涕眼淚，用極低的聲音叮囑地瓜。

門打開，走進一個高大胖壯、滿臉橫肉的男人。

男人帶著醉意，提著一袋啤酒和小菜，一屁股坐進沙發，瞥了窩在角落的小女孩一眼，說：「妳媽呢？」

「她生病了……」她哆嗦回答，緊張地望著桌上的菸灰缸，深怕他發現裡面的符紙灰燼。

「生病咧，假鬼假怪！」山豬叔拉高嗓子，大聲吼：「豬母，還睡！有客人等妳啦，快洗澡換衣服準備開工啦幹——」他一面罵、一面拉開食物袋子，挾了幾口菜往嘴裡塞，打開啤酒猛灌一口，突然又大罵起來：「幹恁娘咧幾天沒倒垃圾，怎麼這麼臭！」他見到小女孩佇在角落發抖，便朝她怒吼。「快叫妳媽起來——」

「媽媽生病了一直沒醒來……」小女孩嚇得哭起來。「她睡好久，我叫她好多次了……」

「……」山豬叔呆愣半晌，吸了吸鼻子，仔細聞了聞瀰漫在室內的陰鬱氣味，隱約察覺到發生了什麼事。他站起身，來到房門口，按開電燈，又快速關掉。

隨後，他退出將房門關上。

搖搖晃晃地窩回沙發。

他的酒意似乎一下子退去大半，默然片刻，咕嚕嚕地將啤酒喝盡，盯著那袋食物卻失去了胃口。他轉頭望著小女孩，沉沉地問：「什麼時候的事？」

「什麼？」小女孩不明白山豬叔的問題。

「妳媽什麼時候死的？」

「什麼？我……我不知道……」小女孩搖搖頭，說：「她生病了，她……她……我叫她好幾次……她……她快要醒來了！」

「幹恁娘咧，裝什麼傻，她不是生病，她死掉啦！死翹翹啦！」山豬叔氣憤地說，陡然站起，怒氣無處發洩，走到小女孩身旁一把揪住她頭髮，提著人往房間走。「她不會醒來啦！」

「哇——」小女孩尖叫哭號起來。

地瓜一溜煙奔到沙發旁，蹦上桌，將擺在桌上的皮夾、香菸和手機一股腦地往背包裡扔。

他聽見房中傳來小女孩的尖號聲，趕緊追進去。

「妳看妳看，她死掉了，她不會動了！」山豬叔揪著小女孩，逼她仔細瞧蜷縮在床上已有些僵硬的媽媽。「怎麼辦，客人已經在等，以後沒人替我賺錢了。怎麼辦？妳能嗎？妳能幫我賺錢嗎？」

「妳知不知道妳媽都怎麼賺錢的，啊？」山豬叔提著哭號的小女孩往廁所走，大聲罵著：「大豬母死掉了，以後換小豬仔上班了，來來來，我來教妳這小豬仔怎麼賺錢好了……哇！」

山豬叔猛然覺得小腿劇痛，低頭一看，一隻貓狠咬著自己小腿肚不放。

「幹恁娘咧，怎麼會有野貓！」山豬叔氣憤怒罵，扔下小女孩，大力甩著腿。但地瓜小小的嘴咬得比螃蟹的螯還大力，爪子像兩排小圖釘，深深嵌進山豬叔腿肚肉裡。

「哇、哇……」山豬叔無法想像巴掌大的幼貓竟有這麼大的力氣，彎下身掄拳往地瓜腦袋狠揍了兩、三拳，才將他打下地。

「唔……」地瓜摔下地後搖頭晃腦滾了滾，突然瞥見腦袋上方大腳踏來，閃避不及，被重重踩著左前腳，痛得喵嗚慘叫起來。

「哇——」小女孩撲到山豬叔腳邊，大哭抱著他的腿，尖喊：「不要打地瓜，我幫你賺錢，我會乖乖聽話，我會賺很多錢，讓你們買藥打針，治好媽媽的病……」

「幹咧！」山豬叔一巴掌摑在她腦袋上，將她打趴在地上，指著房間說。「妳聽不懂人話，那隻豬母死掉了，她不會醒來了，她——」

山豬叔突然閉住了口。

他見到小女孩的媽媽，直挺挺地站在房門口。且瞪大眼睛望著他。

「噫呀——」山豬叔發出了小女孩從未聽過的尖銳嘶叫聲，踉蹌後退著。

「媽媽……」小女孩腦袋還因山豬叔那記沉重的巴掌而暈眩著，只隱約見到媽媽走向山豬叔，姿勢歪斜古怪，但腳步卻不慢，在山豬叔企圖奪門而出前抓住他的手腕，捏住了他嘴巴。

小女孩聽見喀啦喀啦的聲音從他的嘴巴和手腕發出。

那是骨頭斷裂的聲音。

「小妹妹！」地瓜咬著小女孩衣襬，將她半逼半拖進廁所，喵嗚地說：「妳看，我的爪子斷掉了，妳可不可以幫我包起來？」

地瓜抬起被踩斷骨頭的左前爪，在她面前晃了晃。

「哇！」小女孩嚇得將地瓜抱起，放進洗手台裡，喃喃地說：「很痛對不對，怎麼辦？我不知道怎麼包，媽媽——」

「別吵妳媽媽，她正在忙！妳快拿毛巾……」地瓜指揮她用廁所裡的剪刀剪開毛巾，將斷骨前爪和牙刷綁在一塊，偶爾見她要探頭往外看，便大聲喊住。「快把門關起來，我好痛、我好小隻、我受重傷了！我是婆婆的小心肝，妳不快點救我，婆婆會生氣，符會沒效喔！」

「媽媽……」小女孩聽地瓜說到符，趕緊聽話將門關上，替他綁實了斷爪後，抱著他坐在廁所角落哆嗦。

喀啦喀啦——

門外，發出一連串東西斷裂的聲音。

以及一連串山豬叔低微的悶吭聲，顯然有東西掐著他的咽喉，不讓他出聲。

「媽媽在幹嘛？」小女孩問。

「不要問。」地瓜說：「可能在做體操吧，睡了那麼多天，不動一下，身子硬邦邦的，很難受……」他說到這裡，想了想又說：「難怪芋頭自己不來要我來，他咬人不知輕重，要是他來，說不定會當著妳面吃人……這樣婆婆會生氣，會不理他，會好幾天不給他東西吃……」

「芋頭會吃人？」小女孩愕然，難以想像優雅得如同紳士的紫灰色大貓凶狠吃人的樣子。

「會喔。」地瓜揚著爪子，煞有其事地說：「他是愛吃鬼，他什麼都吃，連垃圾也吃、連大便也吃。」

「噗哧！」小女孩被地瓜的話逗笑了，突然聽見廁所外傳來一陣拉鍊拉合的聲音。

跟著，是一陣輕輕的腳步聲。

腳步聲經過了廁所，進入臥房，然後，是一陣窸窸窣窣的聲音，像是有人在換衣服。

小女孩和地瓜互望了一眼，不知道外頭發生了什麼事。

「小笨蛋，躲在哪裡呀？」

輕輕的叩門聲，與一道婉約的女人說話聲，同時響起。

「媽媽！」小女孩驚喜地抱著地瓜蹦起，正想開門，門已經緩緩打開。

她媽媽換上一身乾淨的居家服，站在廁所外朝她微笑。

地瓜這才知道，小女孩的媽媽原來這麼美。

此時的她，臉色雖仍有些蒼白，但比起數十分鐘前，要好上幾萬倍。

「媽媽——」小女孩哇呀大哭起來，撲到媽媽懷裡，她的嘴巴跟不上思緒，只能發出一連串嘰哩咕嚕的聲音，難以將話說清楚。「符、符！有效！符有效，媽媽……醒來了！媽媽！」

媽媽抱起她往客廳走去，還向地瓜點了點頭。

地瓜跟進客廳，廳桌旁的黑色背包此時巨大得有如兩、三個大行李箱疊在一起。

「妳這幾天有吃東西嗎？」媽媽將小女孩放在爛沙發上，摸著她的頭。

「有……」小女孩點點頭。「妳沒醒來，我吃了麵包和罐頭……」

「現在會肚子餓嗎？」媽媽問。

「有一點……」小女孩點點頭，她早餐吃了點東西後便出門找符紙婆婆，整個下午至此，便只吃了那顆糖。

「媽媽煮麵給妳吃，好不好？」

「好。」

媽媽站起身走入廚房，翻出剩餘的乾麵條，燒了開水煮麵。

「小妹妹，糖果妳還帶著嗎？」地瓜這麼問。「我可以向妳要一顆嗎？」

「嗯。」小女孩點點頭，從口袋摸出兩顆糖，給了地瓜一顆。

「這裡太臭了，我把房間弄香一點，麵才會好吃……」地瓜用單爪扒開糖果紙，喀啦咬碎糖果，往空中一吐。

嘶——

那顆青色的糖果碎塊在空中散成光煙，倏地擴散，將滿室屍臭驅得一乾二淨，取而代之的是有如清晨山間的青草芳香。

媽媽端出一碗水煮湯麵。

白麵條上，有顆半熟蛋。

這碗麵寒酸樸素，配著山豬叔無福享用的整袋小菜，倒也剛好。

媽媽挾起一口麵，用湯匙接著，在嘴邊輕吹，遞到小女孩嘴邊。

小女孩將麵條吸進嘴裡，大口嚼著，嚥下肚，再配上幾口小菜，覺得好幸福。

她稀里呼嚕吃了大半碗，突然想到了什麼，低頭問著地瓜：「你們不是說我的小豬公錢不夠……」

「小豬公不夠呀。」地瓜瞥了那巨大黑色背包一眼，笑嘻嘻地說：「可是現在抓到一隻大豬公。」

小女孩也瞥了黑色背包，忍不住問。「山豬叔……在背包裡面？」

「嗯，等等媽媽要把他帶給婆婆，妳吃完麵，乖乖睡覺喔。」媽媽淡淡笑。「再過不久，妳就可以上學了。」

「我可以上學？」小女孩瞪大眼睛。

「對呀。」媽媽提起一個東西湊向小女孩，那是她剛剛放進黑背包裡的紅色小書包。「要記得揹著妳的小書包喔。」

「哇——」小女孩接過書包，哇地哭著揹在背上。

「大豬公太大隻了，黑背包裝不下，所以妳的小書包還給妳。」地瓜湊在一旁說。

「晚一點，或許是明天，會有一位阿姨來接妳，她會照顧妳一段時間，妳可以上學了……」媽媽一面安慰著小女孩，一面繼續哄她吃麵，微笑著說：「那位阿姨也曾經用過婆婆的符，她會幫助一些小朋友上學，這是她和婆婆的約定。」

「我可以……揹著書包去學校裡跟很多小朋友玩了！」小女孩抽噎地跟媽媽聊著她對於校園生活的種種想像，吃完了整碗麵。

「是呀，妳……之後……要……乖乖……」

媽媽的語調開始變得有些僵硬，她的手上、腳上，緩緩浮出屍斑。

大豬公價值不菲，但要買命，還是不夠。

頂多，只買得起一碗麵的時間。

「小妹妹，最後一顆糖果呢？」地瓜見媽媽的雙眼逐漸混濁時，趕緊喊了小女孩轉移她的注意力，說：「吃完麵，吃顆糖，這是婆婆給妳的祝福。」

「喔。」小女孩取出最後一顆糖果，打開來，是美麗的雪白色。

她將糖含進嘴裡，冰冰涼涼，眼前一切都微微發光，媽媽變得像天使一樣，背後彷彿生出了翅膀。

在雪白而美麗的朦朧中，小女孩眼中的媽媽，跟地瓜眼中的媽媽，開始出現差別。

「妳以後……要……乖乖……上學……」

在地瓜眼中，屍斑快速爬滿媽媽全身，她僵硬地抱起昏昏欲睡的小女孩，橫擺上沙發，僵硬地取過乾淨的外套蓋在她身上。

「千萬不可以頑皮喲，有機會媽媽會去偷偷看妳，看妳有沒有偷交男朋友。」

在小女孩眼中，媽媽輕捏著她鼻子，在她額上親吻。

地瓜眼看著媽媽歪七扭八地站起身，拖著巨大的黑色背包往大門走，她回頭望著躺在沙發上的小女孩，淌下褐色的眼淚。

「妳不用擔心，我會陪著她到天亮。」地瓜伏在小女孩身上，望著眼前已變活屍的媽媽。

「婆婆的巷子就在門外，妳往前走就是了。」

小女孩睡眼惺忪地瞅著對她揮手道別的媽媽傻笑。

「我會乖乖上學……」小女孩含著雪糖，笑嘻嘻地瞇起眼睛，再也抵擋不了越來越重的眼皮。

「以後……千萬……不要……像媽媽一樣……」媽媽用扭曲的手開門。

門外不是漆黑的梯間。

而是那條時光凍結的巷子。

替小女孩帶路的三花貓就在門外，緩慢搖著尾巴。

替婆婆帶路的貓有很多很多，被帶進這條巷子的人也很多很多。

有聰明的人、有笨的人、有做錯事的人、有不是人的人。

每個人走進巷子裡的目的不一樣。

每個人的結局，也不一樣。

第三章

我要當大哥

「十萬零七百元。」

少年睜著雙閃閃發亮的大眼睛，將一疊紙鈔擺上木桌。

他扠著腰，望著眼前那傳說中有求必應的符紙婆婆。

符紙婆婆瞇著眼睛呵呵笑著，伏在桌上的紫灰色大貓一動也不動，連尾巴也懶得搖。

「我要當大哥。」少年豎著拇指，戳戳自己的胸口。「最大的那種。」

「最大是多大啊？」大貓懶洋洋地問。

「就是……」少年想了想，說：「身邊至少有一萬名小弟，有自己的企業，總部戒備森嚴，每個小弟都穿西裝，威風！」

「……」紫灰色大貓望了少年幾眼，不情不願地撐起身子，探頭嗅了嗅那疊鈔票，喵嗚伸了個懶腰，說：「不多不少，眞的是十萬零七百元……」

「幹嘛啊笨貓，你以爲我騙你喔？」少年瞪大眼睛，氣呼呼地說：「我要當大哥。」

「小子，你到底懂不懂規矩啊？」紫灰色大貓打了個哈欠，又伏下身子。「求符紙婆婆寫符，要付出代價的——如果十萬元就買得到你說的那種大哥，那豈不是滿街都大哥，滿街都是戒備森嚴的企業總部啦？」

「對呀、對呀，如果將來你哪個小弟出二十萬，豈不是又變成你的大哥了？」巴掌大的土黃色小貓從木桌底下探出頭來，對少年喵喵叫著說。

「怎麼這裡每一隻貓都會說話啊！」少年被小貓嚇了一跳，後退一步，突然有些驚慌地問：「之前也有人拿錢來買大哥嗎？」

「有啊。」大貓說：「不但買大哥，還買大嫂，買大老闆，也買老闆娘，總之呀，什麼東西都有人買——只是有人付得起報酬，有人付不起就是了。」

「我聽說……錢不夠的話，可以事後補。」少年倔強地用拳頭搥了搥胸膛。「我要當大哥，一開始小弟少一點也沒關係，快寫符給我，我賺到了錢再補給你們就是。」

「你這小鬼……」大貓似乎還想說些什麼打發他，但一旁的符紙婆婆已經捏著毛筆唰唰寫了起來。

「這麼大一張啊！」少年訝異地望著符紙婆婆筆下的黃符——竟不只一張，是好幾張併排擺成約莫Ａ４大小。稀奇的是儘管那幾張黃符拼得不算工整，甚至有些高低浮凸，卻絲毫沒影響到符紙婆婆落筆時的流暢筆觸。

「吶。」符紙婆婆寫完符，咧嘴笑著捏起符，只見原先併排擺放的符，被婆婆捏著符角提起一抖，竟抖成一張完整的大黃符。

「算妳厲害，燒掉就可以了嗎？哎喲……」少年迫不及待伸手去接，卻被大貓揮爪撥開。

「燒掉之前，你得簽名。」大貓眼中青光流轉，伸爪指了指符紙婆婆捏著的那大黃符底下一條橫線——

黃符上的字跡不屬於現今世上任何一種文字，但排列格式看起來，狀似一份合約。那條橫線，便是留給少年簽名的位置。

「簽名？」少年瞪大眼睛。「畫符還要簽名？」

「這是切結書，你帶的錢太少，婆婆同意讓你分期付款。」紫灰色大貓冷冷地說：「你害怕的話，可以不簽，這對你也比較好。當大哥，每天在刀口上過日子，沒點本事、勇氣，還是別當得好。」

「誰說我怕？」少年拉來板凳一屁股坐下，從符紙婆婆手中接過毛筆和大黃符，伏在桌上緩緩將自己的名字歪七扭八地寫進角落橫線上。

符紙婆婆咧嘴笑著拍了拍手。

「這樣就行了吧。」少年捏起符，左右端看一番，從口袋掏出打火機就要燒，又被大貓喝止。

「小子，滾出去燒啊，這裡是讓你玩火的地方嗎？」

「哼！」少年也不囉嗦，起身就往外走。

他一腳跨出門口，突然想到了什麼，回頭望著符紙婆婆和大貓，問：「如果分期付款付不出來，會發生什麼事？」

「噫……」符紙婆婆仍咧嘴笑著，她口中沒有牙，微張的嘴像個深洞。

「你到時候就知道了。」大貓眼睛閃爍著青綠色的光芒。「每一個人的路，都是自己選的。選了，就要有肩膀扛。」他說到這眨了眨眼，高聲喊道：「小子，別說我沒提醒你——在燒符之前，你還站在岔路上，你還有得選，燒符之後，就無法回頭……」

「囉嗦！」少年頭也不回地走遠，走出那條時光凍結的巷子。

他從河邊高架橋底下一堆廢棄貨物的小間隙中擠出，不久前一隻小黑貓帶他往縫隙鑽時，他還以爲小黑貓騙他。

他拍拍沾上身的砂石，立刻就取出打火機將符點燃。

「我、要、當、大、哥！」

少年望著符上被火焚過的符字發出奇異流光，蛇似地捲上他的手腳，一路纏上他頸子，最後從他嘴巴鑽進了肚子。

一股熱辣辣的感覺，從他的食道暖進了胃。

這令他想起自己曾經在爸爸和爸爸的友人面前，逞強灌下一整杯高粱時的熱辣感。

「這樣就行了嗎？」他拍了拍肚腹，覺得豪氣干雲。他望著河面，腦袋裡閃過好幾個爸爸以前提過的大哥級人物，有些已經作古，有些依舊威風，他覺得自己就要和他們一樣了。

「我第一個小弟長什麼樣子呢？如果是個小妹好像更好，嘻嘻。」少年嘿嘿笑地妄想著。

「報告！」一個奇異的搭腔聲從少年腳邊響起。

「哇！」少年被突然出現的聲音嚇了一跳，低頭一看，剛剛那隻土黃色小貓不知道什麼時候溜到了他腳下。少年說：「又是你！幹嘛？你有什麼事？」

「你剛剛燒了符，符開始生效了。」小貓說：「所以我就來做你第一個小弟了。我叫地瓜，請多多指教。」

「什麼！」少年不敢置信。「我要的小弟是人，不是貓！你們該不會騙我的錢吧！」

「誰要騙你的錢，十萬那麼少，我們才不放在眼裡呢。」地瓜說：「而且就是因為十萬太少，所以就只有我來當你的小弟；如果你帶一百萬來，說不定就是芋頭當你小弟了。」

「誰是芋頭啊……啊！你是說紫色的那隻肥貓……」少年跳腳。「我才不收貓小弟，我要真的小弟，你們別想騙我的錢，否則我拆了你家！」

「錢不夠啊……」地瓜攤了攤小爪子，說：「只要你定期付出足夠的報酬，離大哥之路就會更進一步了。」

「那我這個月要付多少，說啊！」少年惡狠狠地瞪著他。

「什麼這個月，我們的帳是每週每週結的。」地瓜答。「這週嘛……就收你六億好了。」

「什麼！」少年憤怒吼叫。「你要我啊臭貓！」

「好吧，給你打個折。」地瓜像個人似地直挺挺站起身，揚起小爪子，從河岸這頭指到那頭。「把這條河邊的垃圾通通撿起來——就抵這禮拜的六億。」

「什麼！」少年哇哇大叫，罵出一串粗話。「幹咧！我要當大哥，你要我撿垃圾？」

「符是你自己要買的，也燒掉了。芋頭跟你說過，符燒掉就不能回頭了。」地瓜扠著腰，望著少年。「這條大哥路，是你自己選的。」

「我……我……誰理你啊。你們這些騙子，把錢還我！」少年氣憤地彎腰想抓他，但地瓜倏地奔開好遠。

「你已經燒符了，要是拖延欠款就等於違約喔。」地瓜遠遠朝他喊。「符會處罰你喔。」

「處罰個屁，你……」少年正欲追去，突然覺得下腹先是一癢，跟著咕嚕嚕疼痛起來，像是吃壞肚子。由於那怪痛來得極快，少年表情扭曲，夾著腿，左顧右盼找了個草叢，脫了褲子噗啦啦地拉起屎來。

「大哥哪有那麼好當啊。」地瓜的喵喵笑聲從遠處傳來。「你如果真的想當大哥，就要拿出你的勇氣、毅力和魄力啊！撿個垃圾，比動刀動槍輕鬆多了，連垃圾都處理不了，將來哪天你砍死人，怎麼處理屍體啊？」

「幹……幹……」少年肚子痛得整張臉一陣青一陣白，連完整的髒話都湊不出來，腸子足足滾動了半小時，才逐漸平靜下來。

他用樹葉清理了屁股，拖著疲憊的身軀在四周繞找半晌，卻遍尋不著地瓜；他試著擠進通往時光凍結的巷子的雜物堆間隙裡，但這次少了貓咪帶路，他好不容易擠進去，也只是從另一端擠出來。他在附近叫罵了好半天，卻全無回音。

「混蛋！王八蛋！」

「臭老太婆、臭貓，你們騙了我的錢，那是我爸爸留給我的遺產耶！」

「幹──」

少年在高架橋下氣得哭了，罵了好久好久，才失魂落魄地回家。

因爲父親過世，他寄宿在一個遠親家中，親戚並不特別關愛他，但也不至於不愛他；他也並不討厭那親戚，但也不特別喜歡。

他只是覺得那個家雖比過去舊家大了點、新了點，但似乎太乾淨了點，沒有屬於他和他爸爸的味道。

那是男子漢的味道。

他爸爸去世前的最後一刻，在醫院裡對著少年和社工姊姊交代遺言，將近百萬財產交給那位遠親，作爲照顧少年至成年爲止的費用，另外分出十萬元，當作少年的零用錢。

那是少年這輩子收過最大的一筆零用錢。

是他爸爸用命換來的安家費──

他爸爸跟著一名大哥闖蕩江湖多年，大哥得罪了另一名更大尾的大哥大，雙方約好了某個夜晚在海鮮快炒店談判。

酒過三巡，他爸爸自告奮勇代大哥向大哥大謝罪，自願讓大哥大左右那批小弟招呼一輪，好讓大哥大消消氣。

大哥大器量沒那麼小，但酒足飯飽反應慢，沒提早幾分鐘喊停那些搶在他面前表現的小弟，也沒事先叮嚀小弟們別打頭。

總之，少年的爸爸被送到醫院時，顱內出血、肋骨斷了好幾根、內臟也破了。

大哥沒那麼不近人情，大哥大也不願把事情鬧大，兩邊各塞了點錢給少年的爸爸，一共百來萬，所有恩怨一筆勾銷。

在爸爸斷氣的那個晚上，少年咬著牙、紅著眼，望著大哥和大哥大分別派來探望他爸爸的小嘍囉和幾個小小嘍囉們那副嬉皮笑臉的屌樣時，少年那半青不熟的腦袋，對他爸爸的下場和這世界生存之道作出了屬於自己的見解——

爸爸雖然是個男子漢，但不夠大尾。

要在這世界笑著活到最後，就要混得夠大尾。

那十萬元零用錢，他一毛也沒花。

他要用來作為大哥基金。

他要當大哥，而且是最大的那種。

也因此，地瓜和符紙婆婆收了他的錢卻沒讓他當大哥，還要他撿垃圾，這讓他憤怒到了極點。

這一晚，他窩在那雖然乾淨卻缺乏男子漢氣息的房間床上詛咒了一夜，趁著天剛亮的清晨時分，揹著書包提早出門，繞去河岸高架橋下。

他在書包裡藏著一支短球棒。

但球棒絲毫派不上用場，他還沒來得及打開書包，肚子就咕嚕嚕地劇痛起來。

又隔了一天，他書包裡不但放了球棒，還塞了一包衛生紙。

用樹葉擦屁股實在不舒服。

再隔了一天，他不想再去河岸了，他認了。那條時光凍結的巷子像是清晨的融冰般消失無蹤，他找不到那條巷子就沒辦法向符紙婆婆討回他那筆大哥基金。

然而，兩、三天後，他卻又憤恨不平地回到河岸。

因爲他莫可奈何，因爲即便放棄討回那十萬零七百元，地瓜也不會放棄向他索討「六億」尾款，且這只是第一週的款項而已。第一週都已經過了，加上第二週，就是十二億——

他逐漸認清自己無法輕易將這件事情一筆勾銷，甚至連尋求其他奇人異士幫忙的機會都沒有——地瓜時不時出現在他身邊向他討債，一旦拒絕，肚子就會咕嚕嚕爆痛起來。

地瓜起初只會在無人的巷弄出現，隨著被拒絕的次數增加，他開始在少年的學校裡出現。

這點讓少年魂飛魄散。

拉肚子沒什麼，但哪個中學生願意在校園裡大便在褲子上呢？

這絕對不是一個大哥該有的形象，少年寧願死，也不願在幾個將他當頭兒的同學面前拉一褲子大便，更不願意讓暗戀的女同學聞到他那臭得很古怪的屎味。

因此當地瓜在放學回家途中咪咪喵喵地跟在他身後，告訴他，如果到了第三週還未還款，就會在上課時間走進他教室，和他的同學一同欣賞一場即時大便秀的時候，少年只好投降。

少年來到河岸旁，背包裡藏著兩包衛生紙和一捲垃圾袋，他哀怨地用大鐵夾將河岸所見的垃圾一一夾入袋中。

他花了兩天，將河岸的垃圾撿走九成，償還了第一週的欠款。

接下來，他連續幾天早出晚歸，撿光河岸另一側的垃圾。

河岸沒垃圾可撿了，他便開始扶老太太過馬路，這是地瓜交代的第三週款項——他如果付不出六億現金，就得扶六百個老太太過馬路。但問題是等著過馬路的老太太根本沒那麼多，他只好繼續帶著垃圾袋和夾子，以他家和學校爲圓心，四處撿垃圾。

學校老師陸續聽到傳聞，據說校內一名本來被視爲問題學生的同學，沒來由地維護起校園環境時，大大表揚了他一番，發給他一小筆獎學金，並且特別爲他成立了一個非正式的小組織，讓他負責帶領某些違反校規的學生一同維護社區環境和扶老太太過馬路。

他雖然不覺得被拉上台接受褒獎有何光榮，倒也不排斥有更多人幫他撿垃圾，這讓他可以更快償還每週欠款。

且他喜歡聽他們喊自己大哥。

事實上他的年紀也確實比那些小學弟大了幾個月或是一、兩歲。

一直到畢業前，少年和那些來來去去的小學弟們，撿光了學校周邊大部分的垃圾，扶了好幾百個老太太過馬路，還在河岸邊揍跑一群企圖把小狗扔進河裡的小流氓，救起一個打算投河自盡的女人。

時間過得很快。

少年變成了青年，出了社會，但他的欠款卻像是永無止盡。

比起最初將一疊錢擺上木桌上時的瘦皮猴模樣，他的身高拔高了十來公分，腰圍也增加了一倍；本來年少蒼白的皮膚，在地瓜指示下接受了救生員訓練而變得黝黑起來。

時間過得好快。

他從領薪水到發人薪水。

從親手撿垃圾到派人撿垃圾。

從沿路遞給遊民便當到逢年過節擺流水席供鄉親享用。

從扶老太太過馬路到替街坊鄰居整修了閒置的空屋作爲里民休息室。

他擁有一間屬於自己的小工廠，裡頭幾十個員工都叫他大哥。

雖然距離當初一萬名小弟的目標似乎還是太遠，但他一點也不以爲意。

不知從什麼時候開始，地瓜已經不會主動現身找他了。

這些年來，他偶爾閒暇時會帶著貓罐頭和些許小菜四處蹓躂，找尋地瓜的身影，有時找得著，有時找不著。

這一天，他就找著了。

「越來越大牌啦，地瓜。」他在一隻小花貓帶路下，再次走進時光凍結的巷子，見到地瓜仰躺在一塊曬得到陽光的牆角下，瞇著眼睛張了張爪子。

這許多年來，他沒有長大半吋，還是巴掌大小。

「你是我第一個小弟，現在要見你一面越來越難了。」他哈哈笑著，蹲下將帶來的貓罐頭和零食分給聚集而來的貓兒們。

地瓜望著自己小小的爪子，說：「哪有，明明是你越來越少來看我們了，你上次來……是第五個小孩剛滿一歲的時候吧。」

「現在三歲囉！」他笑著說：「第六個剛生，哈哈，再大一點帶來給你們看。」

「哇！一個接一個！」地瓜翻了個身，驚訝地說：「大哥，你也太拚了，大嫂不累嗎？」

「沒辦法啊。」他哈哈大笑。「小弟怎麼請都不夠，只好自己生囉。不然怎麼還你們帳啊。」

「少來，你早就還完了，沒看我多久沒去煩你。」地瓜喵嗚喵嗚地說：「我看是你自己上癮了才對。」

「可能吧，當大哥是一輩子的志業呀！」他站起身，準備往符紙婆婆的小門走去，卻被地瓜喊住。

「等等，裡頭有人呀。」地瓜嚷嚷地說：「婆婆在畫符呢。」

「喔？」他停下腳步，感到有些好奇。這些年他來探望符紙婆婆和貓兒們，倒是第一次撞上有人求符。他從不多問其他人求了什麼符，他知道就算問了，貓兒們也不會講。

喀啦一聲。

木門開了。

屋裡走出一個男孩，那男孩年紀就和他當初第一次來到這條巷子時差不多。

男孩衣褲上還沾著砂土，臉上有幾塊瘀腫，一副打架打輸的模樣。

男孩剛出木門，就從口袋裡掏出打火機，喀啦燒掉手上那張大得不像符的符。

他張大了口，雖然對符籙樣式並不了解，但也清楚見到男孩手上那張符——和他當年燒去的符差不多大張，角落有個署名。

「保佑我當上大哥！」男孩握緊拳頭，讓符籙燒出的流光在身上繞轉一會兒之後鑽進嘴裡，這才見到蹲在遠處逗貓的中年大叔。

「看三小啦！」男孩嗆了他一聲，大步奔遠，邊跑邊朝著天空怒罵：「我要收兩萬個小弟，一人一口口水都淹死你！混蛋，敢瞧不起我，仗著人多打我，幹！」

「哇，他野心比你還大，他想收兩萬個小弟！」地瓜望著男孩的背影說。

「你又有得忙了。」他笑得合不攏嘴。

「我記得你這幾年定時組團包車去海邊撿垃圾。」地瓜摩挲著小爪子說：「缺人手嗎？大哥。」

「還眞缺。」他哦了一聲。「不過我收過很多小弟，還沒收過大哥。」

「那恭喜你，當上大哥大啦！」地瓜扒了扒地，帶著他往符紙婆婆小門走去，讓他替幾個孩子討些糖果。

他推開門，見到一點也沒變的符紙婆婆和大貓。

「婆婆、芋頭，你們看誰來了——」

時間過得飛快。

但對這條時光凍結的巷子像是毫無影響。

在很多年前，年少的他曾經無數次後悔自己摸進這條巷子，還奉上十萬元。但在很多年後，他心中只有感激。雖然現在大家口中的「大哥」和過去他心目中的那種大哥相差了十萬八千里，雖然現在他手下小弟連原定計畫裡的百分之一都不到。

但是他從過去許多年「還債」的歲月裡，從一個又一個接過他便當的人、被他攙扶的老太太、被他從海邊救起的溺水者、被他從混蛋手裡救出的受虐貓狗們，那一雙雙眼睛裡流露出的光彩裡，看見了什麼才是眞正的大哥。

明白了什麼才是眞正的男子漢。

比起當年玩死他爸爸的那種大哥和大哥大。

他寧可繼續做現在的自己。

他嘻嘻笑著對婆婆和芋頭說著他幾個孩子的生活趣事，並且拍胸膛保證，會讓剛剛離開的小男孩，知道大哥這條路到底該怎麼走。

時光凍結的巷子裡，人來來去去，貓兒也來來去去。

有憎恨婆婆的人，有感激婆婆的人，有曾經憎恨但後來感激婆婆的人。

有走錯路的人，也有走錯了路，但懂得回頭的人。

第四章
棄養犬的復仇

喀啦喀啦——

喀啦喀啦——

細碎的摩擦聲響，在時間凍結的巷子裡格外吵人。

一條老得不能再老的雜種黃狗，左眼混濁不清像是病了，右前足不知跛了多少年。他嘴裡咬著一條壞掉的跳繩，拖著身後一輛壞掉的童用三輪小腳踏車，蹣跚地往前，一步步往前。

腳踏車尾有個破爛小車籃，裡頭裝著各式各樣的壞掉的玩具。

和一朵枯萎的茉莉花。

腳踏車一輪是壞的，卡住的塑膠輪胎在地上磨出喀啦喀啦的聲音，讓本來就精疲力竭的老狗，行走得更加緩慢。

在前頭領路的那隻胖橘貓倒是奔得很快，一溜煙就來到符紙婆婆的小木門前，喘了喘氣，朝著小木門喵嗚幾聲，然後轉身往另一側牆洞鑽。

但他身形太胖，竟卡在小牆洞裡進退不得。

小木門喀吱喀吱開了。

那隻名叫地瓜的土黃色小貓從木門縫探出頭來，見到卡在牆洞上的大橘貓屁股左右扭動，便飛快衝出門，對他屁股掄爪揮拳。「你露出破綻了！你露出破綻了！」

「喵嗚——」胖壯的大橘貓被地瓜搥了幾下屁股，終於擠進了牆洞，在牆另一側朝小巷喵嗚怪叫，像在抗議。

地瓜並未理睬胖橘貓，而是緊盯拖著腳踏車緩緩走近的大黃狗。

大黃狗走了好久，才氣喘吁吁地來到門前。

「嗯？嗯嗯？」地瓜伸長了脖子，望著老黃狗身後曲折巷弄，半晌都不見有人跟著，這才問老黃狗：「你自己來的？你來向婆婆求符？」

「汪……」老黃狗應了一聲，一跛一跛疲累地用鼻子將木門頂得更開，轉身再咬起跳繩，試圖把腳踏車往門裡拖。

「嘶——」屋內伏在符紙婆婆桌上的紫灰色大貓見推門進來的竟是條狗，立刻站直了身子，雙耳機翼般展開，朝大黃狗發出一陣威嚇哈氣聲。

「哦，大狗。」地瓜在門旁說：「芋頭最討厭狗了，他會把你的腦袋扒飛，把你另外三條腿全折斷喲——」

「汪……」老黃狗似乎聽得懂地瓜的話，微微露出害怕的神情，卻沒停下動作，繼續費力拖著壞掉的腳踏車往門裡鑽。

「嘶嘎——」紫灰色大貓芋頭壯碩得像頭小豹，伏在木桌前，豎耳怒目地朝老黃狗齜牙咧嘴，想令他知難而退。

符紙婆婆倒是不以爲意，只微微歪著頭，露出疑惑的神情。

「芋頭，你想幹嘛？」地瓜擠在老黃狗腳邊嘻嘻笑著。「婆婆這扇門誰都可以進來，好人可以進來，壞人也可以進來，貓可以進來，連鬼都可以進來，狗當然也可以進來啊！」

「我討厭狗的味道，會熏得我吃不下飯！」芋頭見老黃狗不理他的威嚇，仍往門裡擠，氣得彈出爪子，他的爪子銳利得如同一把把小刀。

「你不喜歡，就放假吧，讓我當值日生。」地瓜瞪大眼睛，突然蹦到老黃狗屁股後頭，幫他抬起腳踏車往門裡推，還不停往裡頭喊。「我等好久了，我要當值日生！」

「你還沒當值日生的資格……」芋頭見老狗將整台腳踏車都拖進了屋，地瓜還在後頭幫忙將掉落的爛玩具一一拋回籃子裡。他鼻端嗅到濃濃的狗味，只恨得怒叫幾聲，倏地蹦得好高，躍到一處高架子頂端，嫌惡地俯看著老狗，說：「臭狗，你要求什麼符？快講！」

「汪……」老黃狗費力仰起頭，朝著芋頭應了一聲。

「對我說幹嘛？求符要對婆婆說！」芋頭怒叱。

「汪、汪汪……」老黃狗鼓足全力、挺起身子，用一隻前足攀上木桌，探頭朝符紙婆婆低聲吠叫。「汪……汪汪……」

「力氣……變大……」地瓜躍上木桌，來到芋頭常駐的位子，歪著腦袋努力理解老黃狗聲聲虛弱犬吠裡的意思。「牙……厲害……強壯……」他不解地問：「老黃狗，你說什麼呀？你到底想求什麼符？」

「他想要變年輕，變強壯，讓牙齒變厲害。」芋頭在高架頂端焦躁喵叫。「他想求一張讓自己變年輕、變強壯，讓他能凶悍咬人的符呀！」芋頭並不太介意地瓜佔了他的位子，卻十分介意老黃狗將爪子按在桌上，更介意老黃狗的口水滴上木桌。他急急翻譯，想盡快打發老黃狗離開。

「嗯。」地瓜模仿芋頭以往的姿態，優雅地理著毛，翻翻爪子、搖搖尾巴，將自己當成大法官般，慢條斯理地說：「老黃狗，你可知道，向婆婆求符，是要付出代價的。你帶來的這些——嗯，根本就是一堆破爛嘛！」

「車籃裡有個皮包，裡頭有錢！」芋頭不耐地叱罵。「快去聞一下多少錢，別囉哩叭唆，動作快一點！你聽不懂狗話又聞不出錢，也想當值日生？」

「哼……」地瓜氣呼呼地躍到老黃狗腦袋上，再蹦入小車籃，翻出一個皮夾，打開來看了看，裡頭確實有幾張鈔票。他說：「就算有幾張鈔票還是不夠呀，想變年輕，很貴的。」

「說說看，你爲什麼想變強壯？你想咬什麼人？爲什麼想咬他？」地瓜連珠炮似地問，躍回桌上，卻見符紙婆婆竟已經寫好了一張符，還將符輕輕推到老黃狗面前。

「婆婆，妳寫太快了，我還沒問完呀……」地瓜驚訝地說。

老黃狗咬著符，感激地發出咕嚕嚕的聲音，心滿意足地往外走，留下滿載破爛玩具的破爛小腳踏車。

「等等、等等……」地瓜似乎還沒過足值日生的癮，追出門外，跟在老黃狗身後。

他回頭，門裡的芋頭正用抹布擦拭被老黃狗扒過的木桌，一邊朝門外叫罵：「地瓜，待會別太快回來，把狗味抖乾淨才准進來！」

「我盡量抖呀。」地瓜嘻嘻笑著，像是終於發現了可以逼退芋頭、讓自己當值日生的好辦法。他跟在老黃狗身後，挺好奇他爲什麼想變強壯，到底想咬誰，爲什麼想咬他。

地瓜更好奇，這老黃狗要怎麼燒符。

他們走出了時間凍結的巷子，來到了午後的街上。

「大主人……小主人……長大……」

地瓜與老黃狗有一搭沒一搭地聊著，他費力地從老黃狗那每一聲聽起來都差不多的狗吠裡，支離破碎地拼湊著老黃狗求符的意圖和他的故事。「你講的話實在太難懂了，你慢慢地再說一次！」

「汪……」老黃狗一跛一跛地領著地瓜繞進一條狹窄的防火巷裡。

巷子裡遍布菸蒂。

老黃狗窩進一處陰暗角落，張口讓符落下，疲憊地嗅了嗅符。

地瓜見這角落還藏著一些更破爛的玩具，猜測這是老黃狗平時固定休息的地方。

老黃狗努力睜大眼睛望著巷弄左右。

他突然抬起了頭。

有根菸蒂不知從哪兒拋下，碰到地面答答地彈了幾下。

老黃狗連忙起身拖著跛足奔去，用舌頭沾起菸尾，再奔回來將菸蒂抖在符上。

地瓜終於知道他燃符的方法了。

菸蒂很快熄了，只將符燙出一個小洞。

但老黃狗也不氣餒，繼續等著，小巷子不時會有未熄的菸蒂扔下樓，一根滅了，很快又落下另一根。

老黃狗像忙碌採蜜的小蜜蜂，來回叼菸蒂燙符，不時燙著自己舌頭或是鼻子。

地瓜起初看得有趣，但漸漸覺得無聊了。每一根菸蒂，都只能將符紙燒出幾個破洞。

不知過了多久，當老黃狗將第六十三根菸蒂扔在已燙出數十個大小破洞的符上時，符紙上破碎的墨字終於一齊發出了光。

「好了、好了，符生效囉！」地瓜喵喵叫地阻止老黃狗繼續找菸蒂。「再撿下去，你的舌頭就要被燙熟了。」

「汪……」老黃狗完成了一件艱辛的工作，疲累地伏下，將沾黏菸蒂時不停被燙著的舌頭垂在嘴巴外散熱，虛弱地喘著氣。

但他沒休息多久，便因一陣自遠處傳來的鐘聲而豎直耳朵，站起身來。

那是鄰近一所國中的放學鐘聲。

老黃狗急急往巷子外跑，他那持續淌淚的病眼漸漸變得清澈，跛腿變得輕盈，他全身都變得有力了——

符紙生效了。

他跑得越來越快，尾巴高高豎起，一嘴七零八落的老牙也變得整齊而結實。

「等等、等等！」地瓜跟在他身後。「你要行動了嗎？你想要咬誰？你為什麼要咬人？」

「汪、汪汪汪！」老黃狗因為重新獲得了力量而興奮不已，他越奔越快，連回答地瓜的問題都吠得比之前清楚。

「報仇？你想要報仇？」地瓜問：「你要找誰報仇？」

老黃狗終於在街道一角停下。

另一頭，就是那放學鐘聲響起的國中。

學生們魚貫地走出校門，四散開來，各自回家。

地瓜不停地問，老黃狗有時答、有時不答。

「小主人？你在等你的小主人？」地瓜喵嗚問著：「什麼？你說他現在不是你的小主人了？他是你以前的小主人？為什麼是以前？哦，因為大主人把你……扔到很遠很遠很遠的山上，而你花了很久很久很久的時間終於找到路回來。」

「所以你來向婆婆求符，你想……」地瓜望著老黃狗炯炯有神的眼睛。

老黃狗的視線停在一個戴眼鏡、矮矮瘦瘦的男孩身上。

「汪……」老黃狗終於慢慢地動了。

他如同跟蹤兔子的狐狸，緩緩地跟在那國中生身後，與他保持一段不近不遠的距離。

矮小國中生不時左顧、不時右盼，像在擔心著什麼，從人潮熙攘的校園門口一路轉進靜僻的巷弄。

「你是說……」地瓜跟在老黃狗屁股後，費力地從那難懂的狗吠中，理解老黃狗的復仇動機。「你以前的大主人因爲搬新家不要你，所以你要變得強壯，然後呢？你想要報仇？」

眼前的國中生繞進了一條更偏僻的小巷裡，不時停下腳步，看著手機上的地圖，思考著接下來要怎麼走。

很顯然地，這條路並非他以往熟悉的回家之路，是另一條刻意繞遠的路。

老黃狗的腳步陡然加快。

不再像是跟蹤兔子的狐。

而是猶如一頭出戰的狼。

「等等、等等！」地瓜追後面。

矮小國中生彷彿察覺到凶險的氣息，停下腳步回過頭來，見到向他衝來的剽悍老黃狗，嚇得拔腿就跑。

老黃狗緊追在後。

矮小國中生從小巷弄奔入了一條岔巷，忽然停下腳步。

老黃狗撲追進入岔巷空地，露出彷如惡虎般的神情，咧嘴怒視矮小國中生——身前幾個身穿高中制服的傢伙。

「喲？」一個高中生說：「又是這隻狗？」

「不是這隻啦，這隻比較兇。」另一名高中生哈哈大笑。「上次那隻老狗我一腳就踢飛了，說不定早就死啦，嘎哈哈哈！」

第三個高中生嘻嘻笑著對國中生說：「你每天都找不同路回家，不累呀？」

「對啊！」第四個高中生說：「乖乖交錢不就沒事了。」

「你帶狗來嚇我們呀？」第五個高中生問。

「我……我沒有……」矮小國中生說：「我……我不知道這隻狗……我……」

國中生還沒解釋完，老黃狗已經衝了出去。

他的速度好快，在五個高中生尚未反應過來之前，他已經咬著了應該是領頭傢伙的小腿。

「哇！」隨著這聲尖叫，騷動在靜僻的小岔巷裡炸開。

四個人圍住老黃狗拳打腳踢，老黃狗也不鬆口。

他恢復年輕的雙眼並未盯著那些高中生，而是盯著縮在牆邊哆嗦的那矮小國中生臉龐，雖然他比以前高了些，還戴上眼鏡，變得有些陌生。

但他沒有忘記在很久很久以前，小主人抱著他睡覺時的樣子。

也沒忘記他爸爸抱著他睡覺的樣子。

對老黃狗而言，那些記憶遙遠得如同另一個時空的事，但他無時無刻都想回到那個時光。

他想破頭也不明白爲什麼大主人將他帶到很遠的山上，將他獨自留在那裡。

在每個日落時分、在一次又一次尋找回家的路時，在每次咬嚼爛泥填補餓到受不了的肚子時，在每次翻動垃圾桶找食物時——

他都很努力地反省。

會不會是因爲自己不愛洗澡，弄臭了他們當時剛搬入的新大樓裡那漂亮的新家？

會不會是自己嗓門太大嚇著了剛出生的小妹妹？

會不會是自己太愛玩老是盯著窗外的蝴蝶鬼叫？

會不會是自己太貪吃了？

會不會是大便太臭了？

如果是的話，他都願意改——他可以爲他們做任何事。

終於終於，他找到了回家的路。找得他都變老了，找得腳都跛了，找得眼睛都壞了。

現在他躺著的時間比站起來的時間還久，覺得自己已經不像以前愛玩了，大主人應該不會罵他了。他吃的東西比以前少了很多，所以大便也少了很多，身體也不那麼臭了——雖然不確定是不是因爲鼻子也變得不靈光的關係。

但小主人已經認不出他了，他們最後一次玩耍時，他的身高比現在矮了一個頭。

但他還是認得小主人的全部，認得他的味道和他膽小的樣子。

他好幾次想與小主人相認，但最後都失望了，那個矮小國中生總像見到陌生野犬般嫌惡地走遠，甚至想拿棍子驅趕他。

他深怕自己嚇著了小主人，只好日復一日遠遠地看著他。

他發現有幾個更高大的傢伙開始在小主人的身邊出沒，每次他們一出現，小主人就會害怕得哆嗦起來。

他們會打他，會罵他，會從他身上拿走一些東西。通常是錢。

他憤怒極了，試著阻止他們，但總是失敗，他們年輕、營養良好、精力十足，他卻已經老得連咬人都咬不動了。

但現在可不一樣——

他用婆婆的符變得強壯許多，眼睛不再流淚且看得清楚，他能看見每個傢伙臉上溢出的恐懼，看見被他咬著小腿的高中生臉上痛苦的神情。他的下顎有力極了，倏地鬆開帶頭的高中生，轉身咬上另一條不停踢在他身上的小腿，這傢伙每次動手打他的小主人時，下手特別大力。

他向婆婆求符，就是要報仇。

替他的小主人報仇。

他要咬到這些壞傢伙再也不敢欺負他的小主人爲止。

他的身體也變得強壯有力，不像前幾次被他們輕易地踢飛。就算他們從牆邊抄起了塑膠水管重重地往他身上狠抽，他也能撐住不倒——雖然還是一樣痛。

磅！

他的腦袋被不知第四還是第五個高中生拿磚頭重重一砸，砸得眼冒金星，終於鬆開了口。

他覺得婆婆的符有用極了，那塊磚頭碎成兩半。

他爲自己的鐵頭感到驕傲。

他爲自己能幫小主人奮戰感到驕傲。

他的頭淌下了血。

「哇！」一個高中生扛著不知從哪翻出的大花盆，正要往老黃狗背上砸，卻被地瓜攀上臉咬住鼻子，痛得腳一軟、手一鬆，大花盆落下，壓中他同伴的腳，痛得那傢伙發出了哀號。

「不對呀……」地瓜騎在砸落花盆的高中生臉上，揮動左右勾拳毆打他臉，見到大黃狗滿頭是血地與剩下幾人搏鬥，心裡覺得奇怪——

就算他帶去求符的那些破爛玩具巾，夾帶一個來路不明的皮夾，也難以買到這麼大的力量。

地瓜猜想或許老黃狗此時展現出來的力量裡，有一大部分來自於老黃狗自己。他把這幾年來對大小主人的想念、對舊家的想念，一口氣濃縮起來，然後全力爆發開來。

「汪吼——」老黃狗咬著第三人的小腿，喉間滾動著憤怒和興奮混雜在一塊的聲音。

他覺得只要狠狠教訓眼前這些惡棍、打跑他們，就能送小主人回家了。

他覺得這次小主人應該可以認出自己。他相信自己立下了大功，大主人也會像以前一樣，張開雙臂擁抱他、笑著摸他的頭。

雖然那是好久好久的以前。

但他還是這麼相信，而這份相信，正提供他源源不絕的力量。

「汪、汪吼——」他的腦袋被第二塊磚頭砸個正著，嘴巴被好幾隻鞋尖重重踢過一下又一下，但他還是撐得住。

「這是什麼狗呀？怎麼這麼可怕？」「這隻狗打不死！」「嘴巴都歪了還會咬人？」「好痛啊！」

五個高中生的戰鬥力變成了負數，他們拉起褲管檢視雙腿上可怕的滲血齒痕。他們終於開始後退，望著老黃狗的神情就像是望著怪獸一樣。

「汪吼、汪……」老黃狗瞪著跑遠的高中生想趁勝追擊，但才跑兩步，就撲倒在地上。他那病了的眼睛又開始刺痛發癢起來，跛了的前足也逐漸痠軟無力，撞碎兩塊磚頭的腦袋淌出的血染紅了他整個頭，被踢歪了的嘴巴闔不上了，舌頭掛在嘴巴外，被菸蒂燙傷的舌尖又開始痛了。

好痛好痛，每個地方都好痛，他甚至分不出全身上下到底是哪裡在痛。

但他覺得如果可以舔舔小主人或是大主人的手，或許就不會這麼痛……

他費力地抬起頭，望著從角落走出的矮小國中生，使勁想撐起身子保護他回家——那個本來也是他家的家。

矮小國中生顫抖地轉身跑了，腳步聲越來越遠。

「汪……」老黃狗混濁的眼睛望著巷弄遠方小主人的背影，有些遺憾他還是沒能認出他。他覺得小主人長高長大了，雖然現在還打不過那些高中生，但再過一段時間或許就可以了。

他不禁有點開心，覺得婆婆的符確實很有用，他縮了縮舌頭，準備起身繼續蒐集各種玩具或是皮夾，讓他換更多符，來幫助小主人擊退更多敵人，直到他變得更高大強壯。

但是現在的他，連將舌頭收回嘴裡的力氣都沒有了。不知怎地，他發覺自己的身體正被緩緩往後拖行。他回頭，是地瓜拖著他走。

他看見後方的巷弄景象和剛剛有些不同，四周有些緩緩飄動的落葉僵凝在空中。

他被拖回了那條時間凍結的小巷子裡。

「哇！你帶他回來幹嘛？」

佇在矮牆上的芋頭，遠遠地朝拖著老黃狗走來的地瓜叱罵。

「我……」地瓜囁囁，「我是值日生，我有權這麼做，我想帶他進洞裡……」

「誰說你是值日生，你這……」芋頭望著被地瓜拖近的老黃狗，先是一呆，跟著問：「他怎麼了？」

「他燒了婆婆的符。」地瓜說：「但他沒有得到想要的東西，所以我想帶他進洞裡，騙騙他也好……」

「太多向婆婆求符的人，最後都沒有得到想要的東西，因爲他們付出的代價不夠。」芋頭冷冷地說：「這種事，你又不是沒見過。」

「對呀，但是我覺得——」地瓜將老黃狗拖到了小小的牆洞前，試著將他塞進牆洞裡。

但牆洞只比成人拳頭大一些，連隻胖貓的屁股都會卡住，要塞進大黃狗實在太勉強了。

「他付出的代價，足夠讓我們騙騙他了。」地瓜這麼說：「讓大家替他唱首歌吧。」地瓜鑽入另一個牆洞，在牆的另一側扒著老黃狗那跛了的爪子，將他往牆洞裡拉。老黃狗的胸口卡在牆洞上，挺直了腦袋，兩眼無神地往上望。

「……」芋頭伏低身子，望著老黃狗那雙逐漸失去光采的眼睛，快速瀏覽過老黃狗的一生。然後芋頭突然抖了抖尾巴，往牆上一鞭。

那小小的牆洞碎下了些磚石，裂開一大圈。芋頭再一鞭，牆洞又碎開更大。

地瓜終於得以將老黃狗拖進磚牆另一邊。

磚牆另一邊，是塊小小的青草地，開著一朵朵美麗的花。

有株小樹上下四周伏滿各種花色的貓，他們見到地瓜將老黃狗拖到樹下，紛紛圍了上來，在地瓜的指揮下咪咪嗚嗚地吟唱起來。

這群貓們的吟唱曲不成曲、調不成調，一點也不好聽，猶如鬼片的配樂。

但老黃狗歪歪斜斜的嘴巴緩緩地一張一闔，彷彿突然有些激動。他的腿微微抽動著，像是卯足了全力想要奔跑。

他的眼睛閃閃發亮，像是見到了最想見的人。

「你想騙他什麼？」芋頭來到地瓜身邊，望著癱躺在草地上不停抽搐的老黃狗。

「讓他相信——」地瓜說：「人類其實很好。」

「這種謊話你也說得出來？」芋頭露出了鄙夷的神情。「謊言難以長久。」

「他已經不需要長久了……」地瓜這麼說，也開始隨著周圍許多貓，咪咪嗚嗚地吟唱起難聽的歌。

他們用難聽的歌，對老黃狗說謊。

騙他走入那個他流浪了幾千天，每個白天都在尋找、每個晚上都會夢見的家。

騙他跳入那個他好想念的大主人和小主人的懷抱裡。

騙他大主人和小主人眞的眞的很愛他。

騙他可以永遠跟他們在一起了……

地瓜盯著老黃狗放鬆的身軀、晃動不停的尾巴，和逐漸闔上卻流露無限歡喜的混濁眼睛──

知道他上當了。

這神祕小牆洞裡的青草地周圍，還有幾堵牆，牆上有不少小牆洞，大大小小的貓時常從各個牆洞進進出出，替婆婆帶些客人上門。

他們透過小牆洞，可以見到許多有情的動物，和更多無情的人。

他們替有情的動物唱歌，也替無情的人唱歌。

每首歌最終指引的歸途，都不相同。

第五章

最後最後一支舞

「讓路、讓路！」

十三歲和十一歲的小男孩，推著一台輪椅在蜿蜒的小巷弄裡急急往前。

輪椅上的老先生白髮蒼蒼，白眉底下一雙眼睛卻炯炯有神。他左手握著椅臂，右手微微抬起——

老先生右手只有前臂，缺了手掌。

此時剛入夜，天空積滿烏雲，颳著一陣陣風，還飄起了細雨。

細雨被風吹斜，簌簌落進這條時光凍結的巷子裡，微微劃出淡淡的光芒，彷如一顆顆迷你流星。

小兄弟和老先生都仰頭欣賞著頭頂上方的小規模流星雨。

欣賞歸欣賞，小兄弟可沒停下腳步，他們推著輪椅來到小巷盡頭那扇半敞的木門前，哥哥大著膽子伸手將門推得更開，朝裡頭探頭探腦。

門後空間狹小，聳立著幾座大櫃，塞了一張大木桌。符紙婆婆瞇著眼，逗弄桌上那隻紫灰色大貓。

兄弟倆見房裡容不下整台輪椅，七手八腳地將老先生架起，一左一右攙著他進房，扶他坐上木桌前的小板凳——老先生不但沒有右手掌，也沒有右腳，他的右膝以下只剩一小截小腿。

「符紙婆婆！」「幫我阿公寫符。」「寫張長出手腳的符！」「讓阿公能重新站起來跳舞。」

兩個小男孩一人一句激動大喊。

「別吵別吵，這樣講話誰聽得懂！」芋頭不耐煩地說：「好好講，你們到底想求什麼符？」

「是這樣的，婆婆呀……」老先生笑了笑，向孫子們點點頭，示意他們將報酬奉上。

小兄弟中的哥哥立即將背包放上桌打開，取出一個鐵盒和大疊鈔票。

老先生懇切地望著符紙婆婆。「幾年前，我下田時不小心被毒蛇咬了腿，我赤手打蛇，手也被咬了……那蛇很厲害，醫生雖然保住了我的命，但保不住我的手腳……我想求婆婆讓我長出手和腳，讓我能站起來陪我太太跳支舞……」

他這麼說時，揚了揚缺了右掌的手腕。

又抬了抬剩下半截的右小腿。

芋頭探頭瞧了瞧他的小腿，又嗅了嗅小兄弟背包裡的鈔票，和鐵盒子裡零碎的黃金白銀戒指首飾。

「一百一十七萬元左右。」芋頭徐徐地說：「這些錢，就連一根手指也買不起。」

「呀——」符紙婆婆伸手拉來鐵盒，撥了撥裡頭的首飾，不大感興趣，她直勾勾地盯著老先生襯衫胸口那處鼓脹口袋。

「你還藏著壓箱寶呀？」芋頭伏低了身子，望向老先生胸前。「你想長出手腳，卻捨不得奉上最好的東西？」

「啊？」老先生略顯慌亂地搖頭擺手，從口袋取出一個絲絨小盒，打開來，裡面放著一枚便宜的戒指。他急急解釋：「這只是便宜貨，我怕待會忘了才帶在身上，這不是給婆婆的報酬，這是我太太的求婚戒指，幾十年前我就送給她了……」

「……」芋頭探頭嗅了嗅戒指，打了個噴嚏，不屑地朝符紙婆婆喵嗚一聲。「真是便宜貨，銀不純，連一千塊都不值……」

「呀、噫——」符紙婆婆卻十分喜歡那枚戒指，咧嘴笑著，探長了胳臂向老先生討。

「喂！那是阿嬤的婚戒……」「怎麼能送妳？」兄弟倆忍不住抗議。

「大人說話，小孩別插嘴……」老先生苦笑地拍了拍孫子們，緩緩伸出手，隔著木桌將戒指遞給婆婆。

「呀！」婆婆捧起戒指，兩眼閃閃發光，彷彿將手中的戒指當成了珍奇異寶。她將戒指往手上一戴，高高舉著，左右翻看，樂得合不攏嘴。

「這是……我太太最喜愛的戒指。」老先生苦笑地說：「當年我送給她的時候，她笑得都哭了……」

芋頭打斷老先生的話，冷冷地說：「我坦白告訴你，人身血肉很貴的，你這麼點鈔票和首飾買幾根指頭都十分勉強。不過呢，如果婆婆特別喜歡你的報酬，或許會給你點通融……」

「呀！」符紙婆婆戴著那枚戒指，興高采烈地寫起符來，唰地幾筆完成，捏著符又探長了身子，餵魚似地對著老先生搖晃符紙。

「你們怎麼這樣……」小兄弟倆見這筆生意有些強人所難，一個噘起嘴巴、一個張大口想罵人。

「你不願買？」芋頭搖了搖尾巴，緩緩地說：「你不願買，說一句，婆婆分文不取，通通讓你帶回去，我們可不是強盜。」

「……」老先生苦笑著嘆了口氣，伸手接下符，對孫子們說：「快推我回去，阿嬤等著我們呢……」

「哼！快點、快點……」小兄弟倆見買賣成交，趕緊扶阿公回輪椅，推著他往巷子外奔。

「讓路、讓路！」兩人見到巷子裡不知怎地冒出一堆貓，急急叫嚷要他們讓路。

一隻隻賓士貓、乳牛貓、三花貓、虎斑貓、胖橘貓、很胖的橘貓和超胖的橘貓全都懶洋洋地倚在巷子裡，仰著腦袋看向落入巷子上空的流星雨；幼貓們紛紛高舉爪子，扒抓那些飄過眼前的雨點流星。

「聽到沒有，讓開呀——」一聲尖銳的幼貓喊聲自輪椅下方響起，群貓聽見坐在輪椅踏腳處的土黃色幼貓喊叫，這才紛紛起身讓道。

由於老先生右膝以下空空如也，地瓜不知何時溜上輪椅，將右側踏腳板當成自己的座位，吆喝驅趕眼前一隻隻擋道貓兒。

「你們跟著我們出來幹嘛？」小兄弟推著輪椅奔出那條神祕巷子，見到地瓜窩在腳踏板上，芋頭則緊跟在輪椅後，不解地問：「你們想幹嘛？」

「沒辦法呀，你們老的老、小的小。」地瓜倏然高高蹦起，躍到老先生膝上。「不陪著你們，要是等等出了差錯怎麼辦？」

「我們有時候會親自出動，提供一些售後服務——如果婆婆覺得有需要的話。」芋頭在後頭慢條斯理地解釋。他腳步優雅、不疾不徐，但即便兄弟倆推著輪椅狂奔，他也不曾落後，彷如使了武俠電影裡移形換影的特效技能。

「因爲婆婆有時很小氣。」地瓜在底下補充說明。「她不願意寫太好的符，但偶爾覺得你們的報酬挺好，或是看得順眼，就派我們加班，藉由我們的貓力來貼補她的符力。」

老先生聽得一頭霧水，也無暇多問，便取出打火機，將符點燃。

符紙燒出了五彩繽紛的光，隨著風在空中散成了點點彩光。

兄弟倆推著老先生衝過一條條田野小徑，來到一處透天農舍前。

農舍外空地停著幾輛車，聚了幾個成年人，各個神情緊張地拿著手機焦慮講電話。他們見到小兄弟推著老先生回來，紛紛大叫起來。

「你們跑哪去了？」「媽一直等著你，不願回房休息！」「要出去怎麼也不講一聲！」這些人都是老先生的子女，他們有的急出了眼淚，有的氣急敗壞地要向兩個小兄弟算帳，有的連忙過來攙扶老先生。

但下一刻，他們全瞪大眼睛、張大嘴巴，像是看見了奇景般嚇得合不攏嘴——

老先生撥開了兒子伸來扶他的手，自己站了起來。

老先生的兒子手上還拿著父親過去慣用的義肢，目瞪口呆地望著老先生那本來應該缺失的右手。

「等等再說啦！」「阿嬤呢？」小兄弟嚷嚷地攙著老先生進屋。

老先生一點也不會不習慣剛生出的手腳，他覺得新生出的手腳就和往昔一樣，實際上真的一點也沒有分別——就連手腕上的胎記、腳踝上的刀疤，都和截肢前一模一樣。

他急匆匆地跑向臥房，在廊道末端稍稍停下腳步。

老太太坐在廊道末端後門旁一張矮凳上，微微回頭看向老先生，愣愣地說：「你回來啦……」

老太太的身體削瘦得像是寒冬中的枯木，穿著一身寬鬆且不符合年紀的白色洋裝，戴著一頂淑女草帽。她似乎不覺得冷，再次推開身旁女人替她披上的毯子。

那女人本來淚眼婆娑地替老太太梳頭，見老先生興高采烈地奔來還朝她們擠眉弄眼，氣得站起來大喊：「爸！你跑去哪裡了？媽她……」她只喊了一聲，見老先生不停揮舞的右手，和蹦蹦跳跳的樣子，驚愕得說不出話。

「等我一下！」老先生嚷著奔進房，小兄弟倆也跟進，背後還追著幾個瞠目結舌的叔叔伯伯。

臥房裡鬧哄哄地吵成一團，老先生脫去運動服，在衣櫃前胡亂翻找，焦急大喊：「我的領帶呢？不是這條！是我跟你媽求婚時繫的那條！」

「我怎麼知道你跟媽求婚時繫哪條領帶，你又沒說過……」「爸，你的手怎麼長回來了？」「還有腳！那是眞腳，還是新買的假腳？」大夥擠在房裡手忙腳亂地幫老先生換衣——幾個兄弟都已成家多年，分居他處，自然不知道爸爸衣櫃什麼模樣，更不可能知道爸爸求婚時打的是哪條領帶。

「西裝是這套嗎？」小兒子攤開一套西裝。

「不是！」老先生連連搖頭。「你手上那套是結婚穿的，我要找求婚穿的！」

「我們怎麼會知道你穿哪套西裝向媽求婚？」「你求婚時我們還沒生出來呀！」

「哼！」老先生瞥了瞥大兒子一眼。「你兩個弟弟雖然還在排隊，但那時你已經在你媽肚子裡了！」

「我在肚子裡也看不到你穿什麼衣服向媽求婚呀。」大兒子無奈答道。

「別吵啦！」剛剛幫老太太梳頭的女人，也是小兄弟的姑姑，急匆匆地來到門邊，朝房裡喊：「媽說西裝在五斗櫃第二格紅盒子裡，用塑膠袋包著。領帶在第三格小抽屜裡頭最後一排，皮鞋在櫃底綠紙盒裡。」

「喝！」老先生瞪大眼睛，不敢置信地問：「她腦袋怎麼清楚了？」

「你還問別人，你的手都長出來啦！」「到底怎麼回事？」兒子們齊聲驚呼著，替老先生翻出了西裝、領帶和皮鞋，替他換上。

在眾人簇擁下，老先生氣喘吁吁地趕去後院。

老太太在另一個女兒攙扶下緩慢站起，搖搖晃晃地往後院中那張有些突兀的小野餐桌走去。

「你們真要這時候……野餐？現在還下雨呢？」「不如進屋圍爐好不好？」三個叔伯加上兩個姑姑，圍著老先生和老太太往那小野餐桌走。

「圍個屁爐！我是在野餐時向她求婚的，又不是在圍爐時求婚的。」老先生哼哼地推開兒女，牽起老太太的手往小野餐桌走，紳士地攙著她坐下。

兒女們各個瞪大眼睛，護送兩老，像怕碰壞了珍貴陶瓷般圍繞在老太太身旁，見她安穩入坐才緩緩退開，低聲地說：「爸回來後，媽好像比較有精神了……」「該不該再送媽回醫院，說不定能……」

老太太入院很長一段時間了。

癌症末期。

能做的治療都做過了，漸漸地連話也說不清楚，記憶像泡進水裡的信紙，漸漸化散模糊混成一團，連兒女的面容都認不出來了。

就在醫生宣告老太太生命即將進入最後倒數階段時，她的精神突然好轉許多，認出了兒孫長相，還嚷著要回家。

兒女們雖稍感安慰，卻開心不起來。這現象太常見了，大家都知道這只是迴光返照——他們各自請了長假，與老先生一同將老太太接回老家靜養，準備送她最後一程。

這兩天老太太的意識大多模模糊糊，總埋怨老先生遲遲不向她求婚。

「我沒向妳求婚，這些傢伙難道從石頭裡蹦出來的？」老先生總是這麼回答。

「是呀……」「媽，你們結婚幾十年囉。」「你們不但結了婚，孩子都生五個，孫子一籮筐囉！」兒女們則在一旁幫腔。

「呀……」老太太聽他們這麼回答，才大夢初醒般啞笑起來，但過沒幾分鐘，又逐漸覺得周遭的人模樣變得陌生，左看右看只認得老先生，覺得他那張臉看起來又喜歡又討厭。

她也不知道自己為什麼喜歡他，只知道他一開口自己就咯咯笑個不停，笑了一陣子，就跟他私奔離家，來到陌生的窮鄉僻壤。

從大宅大院入住破屋小房，從大魚大肉變成粗茶淡飯，從錦衣華服變成縫縫補補。從富家千金變成了窮小子的同居女友。

「你這混蛋搞大了我肚子爲什麼還不娶我？你這不是糟蹋我呀？」老太太這幾日時常這麼埋怨老先生。

「我想闖出一番名堂名正言順帶妳回家提親呀……」老先生有時忍不住會這麼回她：「總不能和妳爸爸鬥氣一輩子吧……」

「那你到底闖出名堂了沒有呀？」老太太會追問。

「沒有。」老先生只好安撫她。「但我還是娶了妳呀……孩子都生好幾個啦！妳看看妳肚子哪去了？妳看看這兩個是誰？妳不認得他們了？」老先生說到這裡，總會拉來孫子，要他們跟阿嬤自我介紹。

「……」老太太對孫子們的長相反而比兒女還熟悉，見著他們，才又發覺自己多慮了——當年的窮光蛋雖然還是窮，但終究是娶了她。

「喂！糟老頭！你到底娶不娶我呀？你帶我來這裡，是要跟我談判嗎？」

在小野餐桌入座的老太太露出怒容，氣呼呼地將兒女遞來的熱茶重重往桌上一放，震得杯中茶水四濺。

眾人有些詫異，老太太見到老先生回來，精力似乎旺盛了些。

「妳倒還記得我成了個糟老頭啊……」老先生哼了哼，朝兒女搧了搧手，示意他們退遠點，別妨礙自己。老先生揮了一會兒，見他們不退，氣得拍桌站起怒叱：「太近了、太近了，你們這樣我害羞呀！」

「別擔心，符紙婆婆的符生效了……」「你們別妨礙阿公告白啦……」小兄弟拉著爸爸叔叔伯伯姑姑們後退。

「什麼符紙婆婆？那是什麼？」「爸爸的手腳能長出來，跟那什麼婆婆有關？」老先生兒女們見兩老此時都比平時硬朗不少，只能半信半疑地退遠。

「他們誰呀？這裡是哪兒？」老太太回頭呆望著兒女們。

「管他們是誰。」老先生威風凜凜地伸手在西裝口袋裡掏了掏，才想起準備好要給她的戒指已當成報酬給符紙婆婆了。

他長長吁了口氣，握住老太太的手，說：「嫁給我吧，美女。」

「哼……」老太太搖搖頭，想要甩開他的手。「誰要嫁給你這窮小子……」

「不嫁給我也沒關係。」老先生不放手，繼續說：「那陪我跳支舞行嗎？美女。」

「我考慮考慮。」老太太撇開頭，望向遠方，像個正在鬧彆扭的孩子。

老先生轉頭朝兒女們擠眉弄眼，反應快的立刻繞回父母臥房，取出老式錄放音機。那台錄音機早已換上新的電池——

老先生昨日對兒女說自己打算重現當年求婚情景，演場野餐求婚戲碼，了卻老太太最後心願，當時兒女們只能苦笑——老太太雖然回了家，但平時連坐都坐不直，老先生則缺了一手一腳，這戲如何演得成？

老先生倒是信心滿滿，稱他聽說有條巷子裡住了個厲害的婆婆，有辦法助他完成計畫——兒女們當然不信，追問出這情報來源，竟是兩個小孫子從網路上查來的傳聞，便更不信了。

但不信歸不信，大夥兒還是只能照老先生的吩咐準備了張野餐桌、點心茶水什麼的，連錄放音機也擦拭乾淨，換上新電池。

老太太一直睡到今日下午才醒，虛弱得連話都說不出來。大家都相信今晚或許就是老太太的最後一晚了。

但提議演出大戲的老先生和兩個小孫子卻在傍晚時分失蹤，讓換上洋裝的老太太枯等了兩、三小時才回來。

「啊……」「聲音怎麼怪怪的？」兒女們聽見錄放音機裡的老歌斷斷續續、嘶嘶沙沙，知道是那卷老得不能再老的錄音帶，或許會比老太太先走一步。

「停停停！聽我這個啦……」小兄弟之一取出手機滑滑按按，示意爸爸關掉錄放音機。

年代久遠的老情歌再次響起。

小兄弟倆顯然比大人做了更多功課，他們早抄下錄音帶上的歌單，和遠在他處的堂表兄弟姊妹們聯手蒐全了音樂，存進手機裡備用。

老太太側著頭，聽著熟悉的樂聲，目光在後院樹梢和老先生的臉上飄忽游移，也不知是終於考慮好了，還是覺得眼前的老先生看起來變得英俊順眼了，又或是被老情歌打動了，總之她終於願意和老先生跳舞了。

老先生牽起她的手，攬著她的腰，攙扶她站起。

兒女們退開更遠。

地瓜和芋頭不知何時擠到了小兄弟倆腳邊，靜靜望著老先生和老太太。

他們緩緩起舞，就像幾十年前一樣——

老太太那時當然不是老太太，而是大地主家裡的千金大小姐。

老先生也不是老先生，是大小姐家裡的小雜工。

小雜工手腳俐落、腦袋靈光，什麼活兒都能幫上點忙，有時下田幫忙，有時修理門窗燈泡水管，到了年節慶典的日子，他連殺雞殺鴨炒菜燉湯都略懂一點，因此也被差去廚房幫忙。

大小姐年輕活潑，在外頭學了點外國料理，便也想進廚房玩玩，廚房大嬸不願將三餐重要食材讓她糟蹋，她便要小雜工在備料時暗中替她留點材料。

小雜工總會將廚房大嬸準備燉菜熬湯的好雞好鴨，這隻折條翅膀、那隻摘根爪子，藏入為大小姐準備的小籃裡讓她自由發揮。

他還得順便擔任大小姐那些燉雞翅、滷雞爪的試吃員。

一開始他覺得這是件苦差事。

苦得他想或許將整碗詭異雞翅爪子砸在老爺頭上，也好過自己吞下去。

他當然不敢眞的將碗砸在老爺頭上，只好硬著頭皮全吞下去。

但吞著吞著他漸漸不覺得那麼苦了，或許是大小姐盯著他吃東西時的笑顏，成了神奇的佐料，替一碗碗奇異實驗性料理增添不少美麗滋味。

廚房大嬸發覺雞鴨總是缺翅少爪，起初確實疑心是小雜工趁著進廚房備料時偷吃，但見他越來越瘦，疑心也漸漸平息。

大嬸到過世時都不知道，當年那些缺了的翅膀爪子確實都進了小雜工的胃裡，但不久便連本帶利全拉得一乾二淨，還額外將前後餐點的營養也排出不少，人才會逐漸變瘦。

小雜工年輕力壯，怎麼拉也拉不死，不論大小姐研究出的料理有多奇怪他都照吞不誤。他覺得大小姐笑容好看，便常說話逗她笑。大小姐將他視爲重要的廚藝研究夥伴，又覺得他說話有趣，便讓他跑腿打雜，要他幫忙修理些洋傘小燈小電器等器具。

有次他護送大小姐前往鎭上一場年輕人舞會，那時大小姐的舞伴是一個大商家的大少爺。大少爺英挺非凡，本來與大小姐互相都看得順眼，約會喝了幾次茶，約好了這晚擔任彼此舞伴，但舞會上他的三魂七魄都被一個異鄉而來、混了幾分之一西方血統的年輕女孩勾走了。

大小姐看著本來心儀的白馬王子在幾公尺外牽起別人的手，舞得悠然忘我，舌頭好幾次差點要鑽入那褐髮女孩嘴裡時，氣得眼淚洩洪般炸了滿臉。

小野餐桌旁，微微細雨下，老先生和老太太緩慢挪移腳步，隨音樂舞著。

「你把點心帶回來幹嘛？怎不留在那兒！最好毒死那對狗男女！」

老太太望著小野餐桌上一盒點心，茫然地喃喃細語。此時她眼神有些迷茫，意識有些渙散，彷彿時光倒流，眼前見著的不是住了幾十年的老家，而是回到了當年老家大宅院裡，回到那個心碎的夜晚。

「要是真毒死人，妳不就被警察抓走了。」老先生回答她。

那晚，小雜工見大小姐眼淚潰堤，趕緊用身子擋著，不讓自家小姐在外人面前出醜。他轉過身自告奮勇地對大小姐說：「不然我陪妳跳吧……」

「誰要跟你跳呀！」大小姐拍開他的手，氣呼呼地奔回家。小雜工只能抓起那盒她本來打算送給大少爺的手工點心苦苦追在後頭。

他們奔回家，氣炸的大小姐哭著向正與友人喝茶的爸爸抱怨，但對方家裡勢力可不小，人家也沒欺負自家女兒，僅是看中了別人，老爺也只能隨口敷衍幾句，便要她回房睡覺。

她哪裡睡得著。她哭著走回房，又哭著走下樓，將她那件精心挑選要和大少爺跳舞的洋裝丟給小雜工，要他一把火燒了。

她見到小雜工手裡還提著那盒點心，氣得質問他帶回來幹啥？

小雜工也說不出個所以然，只是覺得留在桌上可惜，好歹也是他經歷了數十個午後，折磨自己的味覺、煎熬自己的胃腸，以及無數次腹瀉，才協助她完成的最終成品——裡頭有些滷雞翅、雞爪子和小糕點。

他年幼時家貧，飲食品味中下，無法判斷滷雞翅和西式糕點究竟合不合，只能憑本能判斷這些翅膀爪子和糕點不論是單獨吃、一起吃還是怎麼吃，都和自己的舌頭及胃腸不太合。他覺得或許是自己人貧口賤，吃不出高級食材的上等滋味，說不定那大少爺吃下肚會有些不同。

大小姐見他捧著那盒點心發愣，不願意丟棄，想起他在舞會上還沒吃東西，便說：「你想吃就給你吃好了……」

小雜工不敢說自己其實不想吃，他有點後悔爲什麼不留下來給大少爺，但既然大小姐這麼說了，他只好吃了。

大小姐見小雜工吃起點心，便像平時一樣要他報告心得。

「很好、不錯，比以前進步很多。」他狼吞虎嚥地回答。

大小姐見他臉色古怪，自己也嚐了點，立刻吐了出來，氣得嚷嚷：「一點也沒進步嘛！還是這味道，到底爲什麼？難道是八角放太多了？喂？你幹嘛帶回來？爲什麼不留在那給他們吃？最好毒死那對狗男女呀！」

「要是眞毒死人，妳不就成殺人犯了……」他吃光點心，拍了拍手上碎屑，伸向大小姐說：「妳喜歡跳舞我陪妳跳呀，把舞練得好些，有機會再找其他少爺跳，不須要毒死人呀。」

大小姐手扠腰，覺得這話不無道理，廚藝能私下與他練，舞藝又爲何不能？但想想總覺得又有些不妥，只是說不上來究竟哪裡不妥。

但不論如何，小雜工此時的笑臉確實比那大少爺盯著別家女孩的笑臉可愛許多，便勉爲其難地伸出手。

他們在月光下跳了支舞。

「你到底和誰學跳舞呀？」老太太單薄的身子在細雨中搖搖晃晃，腳步時而輕快、時而蹣跚。

「和一隻隻雞學的。」老先生說。

他沒說謊，這是實話。

那時他在廚房備料、殺雞拔毛，照廚房大嬸的吩咐替雞肉拍打按摩，增加肉質口感。他會托著那些雞鴨屁股，牽起牠們爪子或翅膀繞圈轉動，腦中想的卻是大小姐在庭院裡和友人練舞的模樣。

繞著繞著，將那些翅膀爪子繞得鬆了，便順手摘下藏起，一氣呵成。

因此那晚大小姐在月色下覺得小雜工舞藝竟沒有想像中生疏，不免有些驚訝，問他怎麼也會跳舞，小雜工自然如實回答。

「你又說笑話了，三句話有兩句不正經。」老太太瞇起眼睛咯咯笑了起來。

老先生攬著她的腰，望著她笑時的瞇瞇眼，彷彿溜進了時光隧道，看見了當年的小雜工和當年的大小姐。

「妳的眼睛像是月亮，看幾十年也不厭。」他這麼說，又忍不住補了一句。「這句算正經還是不正經？」

他還記得當年也說了類似的話，但稍稍不同——

「妳的眼睛像是月亮，如果可以的話，我希望能看一輩子。」

那時他是這麼說的。

大小姐聽了，嚇得甩開他的手，躲回房了。

一晚過去，他們像沒事一樣繼續研究料理也研究舞藝。她覺得他一身衣著不稱頭，便買了些新衣給他，好與自己跳舞時穿的洋裝看來相稱些。換上新衣的小雜工，橫看豎看，似乎也不輸大少爺多少。

家族長輩們漸漸察覺到自家千金與一個雜工越走越近，便扔給小雜工一筆資遣費，將他趕出家門。但很快他們發現大小姐每日都往外跑，有時稱要探望朋友，有時稱要與朋友跳舞，有時要買甜點，有時要逛市集——她找了幾位死黨密友到家中會合，再一同出遊，到了外頭再分散行動。那些密友都是鄉鎮裡有錢人家的姑娘，長輩們也不好說些什麼，於是自作主張地替大小姐談妥了婚事——對象是個外地有錢少爺。

然後大小姐便再也沒回家了。那天她一早聽說過幾天對方要來正式提親，當天就稱要與朋友出門看戲，小雜工也混在其中，大夥兒看完了戲，兩人便手牽手跑到碼頭搭船跑了。

「風越來越大了，要不要……」

後院裡，兩個姑姑聽老歌已經播到第三首，兩老卻興頭不減，見到天空風雨稍稍變大，不免有些擔心。

「讓他們跳完這首歌吧……」大兒子聽出第四首老情歌的前奏，拉住想要上前的兩個妹妹，說：「這首歌好像是爸爸向媽媽求婚時用的主題曲……」

幾小節前奏叮鈴噹啷響著，老先生有些激動，舞步略微加大，但他腳步開始蹣跚，新長出來的腳有些疲軟，右手也微微閃爍、時隱時現，有些抓不牢老太太的手。

「貓咪，怎麼回事？」小兄弟倆忍不住向腳邊的芋頭和地瓜抱怨。「符紙婆婆的符這麼快沒效了？」

「因爲婆婆這符，額外分出不少氣力給你們奶奶。」芋頭解釋。「如果只有你們爺爺有力氣跑跳，這舞可不一定跳得成呢。」

老先生的右手突然觸電般地一顫，鬆開了老伴的手。他心急地想探手抓牢，卻見自己的右手倏地消失了。

下一刻，一個土黃色的小影飛快從他的褲管竄上他的胳臂，揚起兩隻小爪，緊緊抱住老太太的手。

地瓜用後腳連同尾巴捲著老先生的前臂，臨時飾演起他的右手。

老先生身子一晃，新長出的腳也沒了，正要倒下，卻感到小腿底下有個東西撐住了他——芋頭舉起爪子扛著老先生的小腿，兩隻後爪踩地直挺挺站著，還忽前忽後地挪移腳步，比老先生還靈巧。

兒女們本來急著上前攙扶，但幾陣風颳來，天空密雲閃了幾聲悶雷，嘩啦啦落下了雨。

「接下來的，算是婆婆額外送你們的贈品吧。」芋頭說。

地瓜鼓著嘴巴仰頸一吹，落下的雨變成了朵朵花瓣，飄過老太太臉龐。拂來的風微暖，不寒不冷，倒像是夏日午後的舒暢微風。

悶在雲裡的幾聲雷，嘩啦啦地炸成漫天煙火，將濃雲炸散，在夜空開出一朵朵五顏六色的燦爛光花。

「呀……今天什麼日子？怎麼放起煙火啦？」老太太仰頭欣賞，渾然未覺周遭變化，只隱約覺得老先生牽著她的手的觸感有些古怪，毛茸茸的。

力氣倒是不小。

「今天是大日子呀……」老先生這麼說，拉著老太太轉了個圈。地瓜一雙爪子比他上了年紀的手還要有力，底下的芋頭不僅力大，腳步靈活得不得了，讓他覺得現在的自己的舞藝彷彿比年輕時更好。

那一年他們私奔到異鄉，過起了粗茶淡飯的日子，小雜工臨時找了份工作，並在老闆許可下，住進店裡倉庫的小閣樓裡，一住就是八、九個月，連大小姐的肚子都住大了。

他忘不了大小姐家族長輩將那包遣散費丟在他腳邊時的眼神，一心想闖出一番名堂，再風風光光地帶大小姐回家提親；但神不知鬼不覺躲進她肚子裡的孩子，就像個從天而降的搗蛋鬼，嘻嘻哈哈地拿著蠟筆將他的計畫本塗得亂七八糟。

「好啦，我娶妳就是了。」當時小雜工只好這麼說。

「算了，我再考慮考慮……」大小姐聽他語氣無奈，便賭氣不答應。

小雜工起初以為她真想考慮，便讓她再想想，但見她總考慮得滿臉鼻涕眼淚、時時生著悶氣，以為她生了病，私下向老闆和老闆娘請教一番，才知道求婚好歹得準備枚戒指。

外加一些些誠心。

於是他向老闆預支了一些工資，加上先前那筆遣散費，買了枚便宜戒指和一套便宜西裝，找了個理由帶大小姐外出野餐。

在日落時分，他藉著上廁所的空檔，偷偷換上西裝，用嘴巴當成音樂唱盤哼出她最喜歡的幾首情歌，邀她跳舞，趁著將她摟在懷裡的時候，取出戒指向她求婚。

和現在一樣——

老先生摟著老太太的腰，有些遺憾戒指不在身邊，只能開口——但地瓜扭扭屁股，小尾巴甩出一枚戒指，笑嘻嘻地舉向老先生和老太太。

正是老先生抵給符紙婆婆的銀戒。

銀戒上的刮痕全消失了，耀眼閃亮得猶似在發光。

老太太望著銀戒說不出話，地瓜用小爪子替老太太戴上戒指，轉頭催促老先生。「別發呆，快說點話呀！」

老先生趕忙對老太太說：「下輩子也嫁給我吧……」

「爲啥是下輩子？」老太太不解地問。

「因爲這輩子我已經娶了妳啦，難道要娶兩次？」老先生指著個頭高大的大兒子。「張老闆擺了兩席替我們證婚時，這大個兒還不停踢妳肚子了，過沒兩天就從妳肚子裡蹦出來了，妳都忘啦？」

大兒子咧嘴笑了起來。他一歲時，他們搬到了一處比較像人住的地方，很快地，二弟就出世了。

老太太的視線隨著老先生的手指轉移到二兒子臉上，二兒子見老媽呵呵笑地像是認出了自己，吸了吸鼻子也笑了笑。

然後他們又搬了家，是個有獨立房間的家。

三女兒、四女兒和五兒子陸續出生。

最後眾人安身的這個老家，是五兒子兩歲時搬入的，當年雇用老先生的老闆感念他在店裡辛勤工作了十年，將這處閒置房產便宜賣給他們，還附了塊小田地。

他們在這裡一待就是幾十年。

先是枝開，然後葉散。

漸漸地又剩下他倆了。

老太太望著蹦蹦跳跳的孫子們，不等老先生介紹，便喊出他們的名字，拍了拍奔來的孩子們腦袋。她的眼神看來清明許多，像是全都記起來了。她輕輕地說：「外頭風大，小心著涼了，我們進屋裡去吧……我有點累了……」

大夥兒連忙擁著老太太回屋，攙扶她回房躺下。

小兄弟急忙討回手機，一一聯絡遠地趕不回來的堂表兄弟姊妹們，與他們視訊連線，讓他們和阿嬤說點話。

地瓜本來也擠在床邊想湊個熱鬧，卻被芋頭叼著後頸走出房，隱約聽見老太太說：「糟老頭，你剛剛說……下輩子要我再嫁給你？」

「是呀，我先預約行不行？」

「哼，到時候我再考慮考慮吧……」

「不急、不急……」

「這輩子，謝謝你啦……」

「我也要謝謝妳……」

天上被煙花炸開的雲又緩緩聚合。

芋頭叼著不停掙扎的地瓜奔出農舍透天老房，奔過了田野小徑，往那條時光凍結的巷子奔去，偶爾閒聊。

「婆婆怎麼這麼大方，又把戒指還給那老頭了？」

「婆婆不做賠本生意的，她用一個便宜戒指，買下一個更貴的故事。」

美麗的人會老，美麗的花會謝，美麗的歌卻能傳唱久遠。

每個人終會離開，但用歲月寫下的故事卻歷久常在。

第六章
萬人迷

「有客人上門了！有客人上門了！」

地瓜喵喵尖叫，在門前打起滾來。

一隻肥嘟嘟的手推開了老朽木門。

一個身材圓胖的年輕人，戴著粗框眼鏡，穿著寬大T恤和短褲、涼鞋，氣喘吁吁地佇在門外，看了房裡木桌後的符紙婆婆幾眼，又望了望木桌上的紫灰色大貓，有些不安地向他們指指自個兒別在胸前的茉莉花。

芋頭打了個哈欠，點點頭說：「你沒找錯，就是這兒，進來吧。」

年輕人這才敢跨過門欄，朝婆婆深深鞠了個躬，邊喘著氣邊將背包放上桌，一一取出裡面的東西。

一個大豬公，一個小豬公，和幾個罐子。

都裝著滿滿的鈔票和零錢。

「五萬一、五萬二、五萬三……」地瓜抱著大豬公，閉眼皺眉，仔細在幾個罐子和豬公間聞嗅，飛快計算著這些罐子裡的金額總數，還不停撥開芋頭伸來拍他腦袋的爪子。

「五萬八千四百三十五元。」芋頭打了個哈欠，將地瓜拎起扔下桌。「全是現金，須要算這麼久？」他望著在桌下朝他哈氣抗議的地瓜。「你練習夠了，才有資格正式工作，知道嗎？」

「婆婆好、貓咪好……我叫家宏，你們叫我阿宏就好。」氣喘吁吁的阿宏說起話來斯文有禮，此時不停扯著領口搧風，體態圓胖的他不像穿梭過一條巷子，倒像跑了場馬拉松般。

「阿宏……」芋頭問：「你想向婆婆求什麼符？」

「我想要得到一場充滿幸運和激情的粉紅色奇遇！」阿宏興奮地說。

「充滿幸運和激情的……粉紅色奇遇？」芋頭皺了皺眉。「那是什麼？你說具體點。」

「具體一點？好……好好！」阿宏點頭如搗蒜，從口袋裡掏出手機，點開記事軟體，用朗讀的口吻大聲說：「是這樣的！我就從三天後的七夕情人節那天說起好了——」

「在七夕這天，我起了個大早，懷抱著希望和夢想刷牙洗臉，穿得整整齊齊踏出家門，我盡量放輕腳步，生怕吵到趴在鄰居圍牆上賴床的貓咪兒們……」阿宏朗朗唸起手機裡事先擬好的文章。

「停！」芋頭舉起爪子打斷阿宏的話，不耐地說：「講重點吧，我跟婆婆對你的作文沒興趣……」

「是、是是……重點……我看一下重點……」阿宏猶如做錯事的孩子般低頭縮身，快速滑手機，跳過一大段他穿插在文章中的心情記事，繼續說：「捷運的車廂很擠——」

捷運的車廂很擠，我身前緊貼著的美麗女孩卻不像過去其他女孩一樣露出嫌惡的表情，她有張小巧可愛的臉蛋，長長的直髮留到腰，看起來保守的上衣裡胸部其實很大。

她用陶醉的眼神看我良久，終於鼓起勇氣向我告白，她說對我一見鍾情，想當我的妻子。

「……」芋頭瞇起眼睛，想要一爪子把阿宏轟出去，但他並沒這麼做——畢竟婆婆向來有求必應，連買凶、復仇、爭權、奪產之類的符都照寫不誤，又怎麼會排斥眼前這個可憐的胖男孩呢？

阿宏繼續說——

我想了想，勉爲其難地點頭答應她。

她開心地流下了感動的眼淚，非要拉我去她家作客，想好好招待我。

我去到她家，她家又大又美，和博物館好像，才知道她原來是身家超過百億的千金大小姐。她六位好姊妹們接到了電話，早已在家門口集合，一齊向我道賀。

我萬萬沒想到，她六位美如天仙的好姊妹，竟然同時也對我一見鍾情，都含情脈脈地望著我。看出好姊妹心思的千金小姐不願姊妹們傷心，只好牽著姊妹的手，求我連同她們一同納爲小妾……

芋頭緩緩站起身，有些僵硬甩動起尾巴，再也忍不住想撲上去甩阿宏幾巴掌的衝動。

但地瓜早一步蹦上阿宏肩膀，對著他的臉揮爪毆打起來，一面在他耳邊哈氣怒罵：「你到底想說什麼？為什麼我聽得好煩躁啊？」

「怎……怎麼了？」阿宏摀著臉從椅子上摔下，驚恐地說：「我聽說符紙婆婆有求必應，不是嗎？」

「有求必應，但要付出相稱的代價。」芋頭呼了口氣，有些感激地瓜搶先出手，令他不致於做出失態的舉動。「你這些豬公裡的金額，恐怕沒辦法讓你稱心如意。」

「價錢……不夠嗎？」阿宏急急地問：「那……那等我跟小柔結婚之後，看還欠多少，讓她簽支票給婆婆，可以嗎？」

「小柔是誰啊？你連名字都替她取好了！」地瓜又揍了阿宏幾爪。

「理論上不是不行。」芋頭緩緩地說：「但向婆婆求符，出的代價不夠，中間或許會出現其他變數，這些變數會超乎你的想像。你仔細考慮一下，真的有勇氣承受嗎？」

芋頭這麼說的時候，身子伏在桌邊，瞪著癱坐在地上的阿宏。

芋頭露出了如猛虎惡獸的眼神，微微張開的口中利齒隱露，彷彿能嚼碎鋼、咬裂鐵。

「我……我明白了！」阿宏顫抖地起身，又對婆婆和芋頭深深鞠躬，恭敬地坐回板凳，怯怯說道：「是我太貪心了……我錯了……我……我只想要變得受歡迎一點，我想……變成萬人迷……」

「萬人迷？」芋頭冷冷地瞪著他。「你覺得五萬多塊能讓人著迷到什麼程度？」

「是、是是……」阿宏膽怯地嘟著嘴說：「就算當不成萬人迷也沒關係，至少……至少讓班上的女同學不要把我當成蟑螂老鼠一樣，我一靠近，她們就臭著臉跑開……請讓我稍微……受歡迎一點……」

他說到這裡，忍不住抽噎幾聲，但他才剛硬擠出幾滴眼淚，符紙婆婆便「吶」了一聲遞來一張符。

「啊！寫好了？」阿宏驚喜地接過，符上墨跡尚未乾透，在昏黃的燈光下隱隱反射著奇異螢光。他小心翼翼地捏著符在嘴邊輕吹，連連向婆婆道謝。

□

這天假日，阿宏站在捷運站入口，望著滿滿的通勤人潮，兩隻眼睛閃閃發亮。

今天他特地起了個大早，出門前還洗了澡，穿上昨晚準備好的新衣，連那雙臭球鞋都特地擦得乾乾淨淨。

當然，他可沒忘記將符紙燒了。

此時他覺得自己身體從裡到外都充滿能量，甚至源源不絕地散發著玫瑰花般的費洛蒙。

他花了五萬多塊買了一張萬人迷符——

他知道這張符不可能眞讓他變成偶像明星那種萬人迷，但就算當個校草等級的人物，也挺不錯呀。

他盯著一個個進出捷運站女孩們的眼神，有如挑揀獵物的餓虎——還是隻挑食的餓虎。

他覺得自己已非一般的臭肥宅，而是得到神符加持的臭肥宅——剛洗好澡的他，才沒那麼臭呢！

一個剛洗好澡又得到神符加持的臭肥宅，標準當然要比一般臭肥宅還要高上一截。

「要是腿再長一點就好了，要是胸部再大一點就好了，要是眼睛再美一點就好了……」

他用平時開啓五、六個視窗同時看好幾部成人片的火眼金睛，快速對著一個個走過他眼前的女孩們品頭論足，暗暗替她們打起分數，跳過了七十分以下的女孩兒們、捨棄了八十分的女孩兒們、猶豫地望著九十分女孩兒們的背影；最後，他終於盯上了一個剛剛步出捷運站，有著一雙水汪汪大眼睛，個兒不高不矮，大胸細腰白皮膚的長髮女孩。

簡直是他心目中的夢中情人。

「小柔……等等，小柔……」阿宏忍不住將自己幻想出來的情人形象與女孩合而爲一。

他氣喘吁吁地跟了上去，準備向她搭訕——

他不再像過去那樣自卑，信心滿滿地大力揮手呼喚女孩。

他覺得自己舉手投足都充滿魅力，知道符開始發威生效了，他從未這麼有自信過。

他甚至有十足的把握，覺得女孩一見到他的帥樣，立刻就會上前擁抱他。

他覺得自己的身體炸射出一陣陣萬人迷的光芒。

女孩似乎聽見了他的呼喊，徐徐轉身，朝他望來。

女孩一見到他，立時露出了燦爛笑容。

並且一把抱住了他。

在這瞬間，阿宏感動得無法言語，他活了二十餘個年頭從未體驗過現在這般滋味——女孩的髮香、體香充盈在他的四周，笑聲在自己臉龐身邊縈繞，柔軟的胸脯和臂彎擠壓著他的臉。

他如一隻見到大乳酪的餓鼠，難以自抑地往女孩胸前鑽，將臉埋在她的胸脯間大口呼吸。

下一刻，他覺得怪怪的。

女孩的胸脯大得超乎了他的想像，竟然能蓋住他整個頭？

她雙臂環抱範圍好像也變大了，不但環過他整個身子，還用單手托著他的屁股，像抱小孩般將他抱在懷裡疼愛親吻。

這是怎麼回事？他不記得女孩有這麼大隻，又不是巨人。就算真是巨人，又豈有可能通過他的嚴格篩選？

他東張西望，只覺得四周景物似乎都變大了，他盯著一輛駛過紅磚道旁的汽車，墨黑如鏡的車窗上映著美麗女孩抱著一隻個把月大的幼貓。

他變成了幼貓。

還是隻賓士貓，有白白的嘴邊毛和一面如蝙蝠俠面罩的臉部毛色。

「哇——這是怎麼回事？」阿宏驚恐地揚著爪子哇哇大叫起來，嚷嚷地要女孩將他放下，卻只惹得女孩咯咯笑起。他發現從自己嘴巴冒出來的聲音，全變成一聲聲貓叫。

「妳們看！我剛剛一出站，這隻小貓就撲上來抱著我不放耶！」長髮女孩興奮地抱著阿宏，對著自遠處趕來的朋友們這麼說。

女孩的朋友們圍了上來，她們有些短髮有些鬈髮，有些打扮火辣，有些樸素可愛，爭先恐後地伸手摸著阿宏那小小的頭、小小的耳朵、小小的爪子和小小的尾巴。

阿宏驚駭之餘，卻也有些神魂顛倒，他這輩子即便在夢裡也沒這麼受女生歡迎過——

他眞變成萬人迷了。

「這小貓有主人嗎？」「沒有吧。」「他迷路了？」「他找不到媽媽？」

女孩們七嘴八舌地討論著，有人這麼說：「阿琳還沒來？」

「啊呀，她來了！」有人伸手指向另一邊，一個短髮女孩，提著個寵物外出籠走來。

阿宏這才發現，最初抱起他的長髮女孩並非這群朋友中的主角，今天的主人翁另有其人，便是那最後趕到的阿琳。

「阿琳，妳看——」六個女孩們合力捧起阿宏，向阿琳展示。

「哇，哪裡來的？」在阿琳驚喜地加入朋友們後，阿宏再次經歷了一陣身心舒暢的纖手撫摸。

七位女孩的體香和體溫，如強烈興奮劑，硬是將阿宏對於自己變成貓這件事所產生的驚恐和不安驅走，他像個國王一樣，舉著小爪子迎接女孩們的手指，接受她們的歡呼和撫摸，好似迎接著從天而降的禮物。

他覺得即便這輩子都只能以貓兒的身體活在這世界上，似乎也不是件壞事。

「第一個長髮女孩原來不叫小柔，叫阿純……最後一個短髮妹子叫阿琳……」阿宏陶醉地替每個女孩的三圍和臉蛋打起分數，聽她們彼此叫喚時還記得將自己替她們取的代號，調換成本名。

「哇，你誰啊！」阿宏嚇了一跳，他眼前多了隻體形和他差不多的小貓。

那小貓是乳牛貓，一身毛色黑白相間，跟阿宏的差別在於少了蝙蝠俠面罩。

「他們好像喔！」「一個是賓士、一個是乳牛。」「都是公的。」「乾脆讓他們當兄弟好不好？」七個女孩十四隻手，在兩隻幼貓身體上摩挲來摩挲去。

「誰要跟你當兄弟啊？」阿宏氣憤地向小乳牛貓揮爪，惱火自己的後宮中竟多了個來路不明的傢伙，瓜分掉他一半的愛。「滾！」

小乳牛貓個性溫和，似乎被阿宏的凶猛嚇著，縮著身子發起抖來。

如此一來，阿宏本來一半的愛，瞬間減少三分之一都不到。

更多女孩的手轉去安慰小乳牛貓，還斥責起阿宏。「你怎麼這麼壞？」「這隻賓士好兇啊。」

「妳……妳們誤會了，我沒欺負他呀，他根本在裝可憐，妳們不要被他騙了！」阿宏試圖替自己辯解，但他很快意識到女孩們其實完全聽不懂他說的話。

女孩們即便不懂他的貓語，也很快原諒了他的粗魯，抱著兩隻貓，七嘴八舌地來到路口等待綠燈亮起，再七嘴八舌地過馬路。

阿宏猛地警覺起來。

他發現女孩們將他和小乳牛貓帶入一間動物醫院；醫院裡淡淡的藥水味，令他不由自主地感到一陣惡寒。

「男左女右，對不對？這兩隻都是公貓，所以要剪……左耳？」

「不對啦！小乳牛我要養耶，是家貓，流浪貓才要剪耳朵。」

「小賓士沒人養嗎？那我要了……」

「所以都不用剪耳朵。」

「對呀，只要結紮就好了。」

阿宏瞪大眼睛、豎起耳朵，像聽見了魔鬼的呢喃，他喵喵尖叫起來：「等等！什麼？我沒有說我要結紮，我——」

他在女孩兒們填妥資料、將他放在冰冷候診台上時，用盡全力彈出了小爪子，在長髮女孩雪白胳臂上刮出一道血痕，然後蹦了個老高，在空中翻了個跟斗落地，全身毛髮豎立，飛快拔足奔逃。

動物醫院騷動起來，醫生、護理人員、女孩們和其他等候寵物的主人，所有人聯手試圖攔下驚慌失措的阿宏。

「我不是貓，我是人！」阿宏對貓咪是否應該結紮沒有特別意見，但他不是貓，他是個人，他只不過是想要得到一些關愛、一些異性緣而已——七個女孩的手很柔軟，胸部更軟，身體很香，但如果獲得她們喜愛的代價，是得摘除掉他的生殖器官，那麼他拒絕接受這筆交易。

「雖然以前沒用過，雖然以後也可能沒有機會用，但是……請不要拿走它！拜託——」阿宏驚恐哭叫著，小小的身體宛如獵豹般飛躍起來，踏過一個驚慌女孩的大腿，高高翻騰上半空，穿過那面因女孩靠近而敞開的自動門。

他像是衝過終點線的田徑選手，自門縫躍出了動物醫院，飛奔逃遠。

女孩們著急追出，卻已不見阿宏的身影。

□

沮喪的阿宏垂著短短的尾巴，在巷弄陰暗處哆嗦地貼著牆走。

他嚇壞了。

他偶爾扭動身體，弓身抬腿，低頭往自己胯間看——還在。

一袋毛茸茸的小蛋蛋，還在。

他放心地舔了舔爪子毛，卻突然驚覺自己幹嘛舔毛。

「怎麼辦？為什麼我在舔毛？難道……」阿宏驚恐地東張西望，但仍停不下舔毛的動作，他哆嗦著哭了。「難道我真的要變成貓了，難道我以後……再也當不成人了？」

「變成貓不好嗎？」地瓜的喵喵聲自他頭頂響起。

「啊！」阿宏抬起頭，見到地瓜伏在防火巷高處的冷氣室外機上，立馬朝他吼叫。「你們好惡毒，為什麼這樣害我——」

「我們哪有害你，是你說要變成萬人迷呀！」地瓜大聲駁斥。

「嘶——」阿宏伏低身子、翹起屁股、高揚尾巴、耳朵倒豎得像機翼、一身短毛刺蝟般炸開，對著地瓜齜牙咧嘴，連珠炮似地罵起髒話。

「嘶——」地瓜也做出同樣的動作，對著底下的阿宏嘶嚇回罵幾句髒話，然後抱著小肚子哈哈大笑，笑得在冷氣室外機上打起滾來。

阿宏罵累了，氣焰全失，身上炸開的毛逐漸軟下，垂頭喪氣地繼續貼著牆走，想要遠離地瓜的嘲笑。

但地瓜躍下來，跟在他屁股後頭，還越走越近。

「你跟著我幹嘛！」阿宏怒吼轉身，往地瓜撲去。

地瓜一爪將阿宏打得滾出一公尺外，然後大搖大擺地又跟上去。

「嗚……」阿宏終於明白地瓜體形雖和他相差無幾，但戰鬥力比他強太多，他見地瓜走來，害怕地將身體縮成一團小球盡力往牆角擠，顫抖地說：「你爲什麼……要這樣欺負我？」

「我已經很輕很輕了耶！」地瓜聽阿宏這麼說，咪咪喵喵地反駁，「要是芋頭打你，你整個頭要飛出去了——我不是來欺負你的，我是來告訴你你走錯路了，我是來替你帶路的。」

「帶……路？」阿宏不解地問。「你要帶我去哪裡？」

「你不是想受歡迎？」地瓜揚起爪子指了指四周，說：「這裡是防火巷耶，連人都沒有，連貓都很少，只有老鼠和蟑螂，你躲在這裡怎麼受歡迎？」

「我……我現在變成貓，受歡迎有什麼用？」阿宏哭著抱怨。「你們這還不是欺負人？」

「你看看你現在的樣子，是不是比之前的你可愛多了？」地瓜指著牆角紙箱旁一片破碎鏡子，氣撲撲地教訓起阿宏。「摸摸良心自己講，如果你是符紙婆婆，你會實現你手機裡的屁故事嗎？又要人家對你一見鍾情，又要人家的好姊妹也對你一見鍾情，你會對大便一見鍾情嗎？你不覺得你的要求比較過分嗎？」

「辦不到可以拒絕啊……」阿宏又氣又難過地說：「幹嘛整我？」

「誰整你呀。」地瓜說：「婆婆寫符是眞要幫你呀，只是過程不一定跟你想像的一模一樣！我這不就來替你帶路了嗎？」

「你到底要帶我去哪裡？」阿宏問。

「跟我來就對了。」地瓜轉頭往外走，走出一段距離，回頭見阿宏並未跟上，便繞回來咬著他尾巴走。

阿宏試著抵抗，但地瓜力大無窮，尾巴被扯得發疼，只好表示自己會走——地瓜一鬆口，阿宏馬上拔腿要溜，但兩秒就被地瓜逮回，又被咬著尾巴拖著走。

阿宏發現地瓜不但力大，連速度都比他快上不只十倍，哀求半天，終於讓地瓜鬆口，自己乖乖走在地瓜屁股後頭。

「你幹嘛垂頭喪氣的，這樣怎麼可能受歡迎？」地瓜回頭見阿宏死氣沉沉，便說：「抬頭挺胸不好嗎？」

「我只是覺得難過……」阿宏又啜泣起來。「我當人被人欺負，當貓被貓欺負，我天生就是個失敗者……」

「誰說當貓只被貓欺負啦。」地瓜不平地說：「當貓呀，狗會欺負你，人也會欺負你！你以爲貓好當啊？」

「我不是在跟你討論貓好不好當的問題……」阿宏無奈地應話，他見地瓜有一陣沒回頭看他了，刻意放慢腳步想尋找逃跑機會，但聽見背後一陣喘氣聲逼近，轉頭見到有隻大狗從巷子繞出，於是嚇得趕緊加快腳步緊跟在地瓜屁股後頭——地瓜說得沒錯，當隻貓不但會被大貓欺負，更得小心大狗。

他們在街上東繞西轉，地瓜有講不完的話，但一半以上都是在抱怨芋頭長期霸佔著值日生的位子。阿宏對這件事壓根不感興趣，但害怕惹地瓜生氣又來找他麻煩，便總有一搭沒一搭地應著。

他們走過一條又一條大街小巷，阿宏好幾次忍不住問：「你到底要去哪兒？」

「你跟著我走就是了。」地瓜這麼回答。

「我們在繞圈耶……」阿宏發現他們走過的巷弄景象，開始重複。

「哎呀你怎麼這麼沒耐心，明明就還沒到啊。」地瓜哼哼地說：「我們要去的地方是『黃昏』，現在離黃昏還有很久吧！」

「黃昏又不是地方！」阿宏大聲抗議，拒絕再走，被地瓜咬著耳朵拖了一段之後只好投降繼續隨他前進，但仍忍不住低聲埋怨：「黃昏不一定要用走的才能走到，用等的也可以等得到……」

「你眞的很懶耶！」地瓜回頭賞了阿宏一記爪扒，又將他打滾一公尺遠，然後追去叼回他，氣呼呼地說：「你到底想不想受歡迎啊？」

「走到黃昏就可以受歡迎？」阿宏喘吁吁地問。「這什麼原理？」

「原理很複雜，說了你也不懂。」地瓜指了個方向。「你想用等的也行，跟我來吧。」

他們又花了數十分鐘，來到了一處公園。

這是處十分荒涼的公園——他們先前一番路途，本已從鬧市走到市郊，而這公園一面靠山坡，一面臨道路，道路另一端是一片遼闊空地，空地中聳立著幾棟暫停施工一段時日的樓房。

也因此，這不起眼的公園靜僻得如與世隔絕。

但積滿落葉的公園裡，貓和狗倒是不少，至少有三、四隻貓在長椅上翻出肚子，有兩隻狗在掉了漆的遊戲設施下打瞌睡。

這群貓狗有時互相聞聞對方的屁股，有時逗逗對方的尾巴，不論是貓跟貓、狗跟狗，或是貓跟狗，彼此間都悠閒且融洽。

「我們……」阿宏跟著地瓜躍上溜滑梯，見地瓜嘻嘻哈哈地溜下，然後又從另一端繞上來，不解地問：「眞要在這裡等到黃昏？」

「對呀。」地瓜再次溜下，然後又繞上來。

「這樣就能受歡迎？」阿宏問，目送地瓜溜下。

「可能可以喔。」繞上來的地瓜答，又溜下，然後繞上來。

「什麼叫可能？」

「可能就是有機會，但不保證百分之百。」

「我好餓……」

「我也有點餓。」

「有東西吃嗎？」

「垃圾桶裡可能有喔。」

「……」阿宏伏在溜滑梯高處，望著遠方荒蕪空地上的廢棄大樓，只覺得自己的人生失敗到了極點，比那失敗的廢棄樓房還失敗，失敗到從人生變成「貓生」，依舊失敗。

「你的眼睛如果不燃燒出點東西，很難受歡迎喔。」地瓜溜下，繞上。

「眼睛怎麼燃燒？眼睛能燃燒出什麼？」

「燃燒出鬥志啊！你的鬥志只有在幻想那堆狗屁白日夢時才會跑出來嗎？」地瓜溜下繞上。他說阿宏當時求符，在講述美少女小柔對自己一見鍾情時，眼睛才有稍微發了點光，其他時候都黯淡得像條死魚。

「我長得不好看、腿又短、皮膚又不好……」阿宏說：「腦筋不好，所以成績也不好。沒人跟我說話，所以也不太會講話。沒有朋友、沒有人喜歡我，就連爸媽也只疼我哥和我姊，我好像撿回來的一樣……我每天只能靠著吃東西來排解寂寞，所以越吃越胖，胖了之後又變得臭臭的，結果大家更不喜歡我。你說，我這樣怎麼有鬥志？」

「你明明挺會講，一口氣把你所有缺點都列出來了，眞是不簡單。」地瓜說：「要我講自己壞話就要想老半天。嗯……『可愛過頭』算一個缺點好了，還有……第二個應該是『可愛得太過分』對吧！再來……嗯，眞的好難喔！你看，你這不就贏過我了？要對自己有自信啊！」

「……」阿宏無言以對，嘆著氣說：「老天爺眞不公平。」

「是啊。」地瓜說：「你可以當人，我只能當貓，眞不公平，我眞羨慕你。」

「人又沒什麼了不起。」阿宏說：「有些人又高又帥，爸爸又有錢。我剛剛還沒說完，我爸沒錢，所以我也沒錢，我全身上下沒一個地方受歡迎。眞不公平……眞的很不公平……」

「你想受歡迎，爲什麼不做點能讓自己受歡迎的事呢？」地瓜說。

「我不管做什麼都不會受歡迎吧！我能做什麼？扶老太太過馬路嗎？我走兩步就流滿身汗，老太太都不見得想讓我扶吧！」

「你不會洗好澡再去扶喲！走兩步流滿身汗你可以走兩萬步先把汗流光，然後再洗澡補充點水分和電解質之後再出門扶啊！你如果每天都像今天這樣走半天，持續兩、三年，然後洗澡洗仔細一點、頭髮剪整齊、穿乾淨點的衣服，說不定人家老太太就接受你了啊！你要扶老太太也不誠懇一點，你這人到底有沒有羞恥心啊？」

「……」阿宏覺得聽地瓜說話十分痛苦，哀求說：「你可以讓我走嗎？」

「不行喲。」地瓜嘻嘻笑著說：「不過其實就算我說可以，你真的敢離開嗎？天快黑了耶，你不會害怕嗎？你會當貓嗎？你找得到東西吃嗎？你不怕被比較兇的狗咬爛？」

「唔……」阿宏聽地瓜這麼說，只感到悲傷無助。「我求你，讓我變回人好不好……」

「你得先讓自己受歡迎，才能變回人喔。」地瓜說：「婆婆派我來幫你，實現符紙效力，你不讓自己受歡迎，我的工作就沒辦法結束，你怎麼變回人？」

「這……」阿宏覺得繼續和地瓜對話下去一定會發瘋，但想逃也逃不了，真逃了的確會如地瓜所說，哪兒也去不了。

他焦慮得啃起尾巴和肚子的毛。

「喂，你這愛吃鬼沒東西吃也別吃自己尾巴啊！」地瓜賞了阿宏一記巴掌，指著一個方向。「有東西吃了。」

阿宏循著地瓜指的方向望去，有個女孩提著一袋罐頭遠遠走來——阿宏啊呀一聲，認出了她。他記得她的香味、記得她的笑聲、記得她手掌的溫度，甚至記得她胸部的柔軟。

是那個打算帶他結紮的長髮女孩。

「她怎麼找到這裡的？」阿宏驚恐得又想要逃，卻被地瓜按在溜滑梯上動彈不得。

公園裡打瞌睡的幾隻貓狗，似乎同時被女孩身上的香氣喚醒，個個豎起耳朵睜開眼睛往那兒聚去。

女孩從包包裡拿出幾個小餐盤，倒了滿滿飼料，又打開幾個罐頭，倒入餐盤上。

那些貓兒狗兒不吵不鬧不爭不搶，井然有序地吃著。

「……」阿宏肚子發出咕嚕聲，他雖相隔甚遠，但似乎能聞到食物香氣，他過去從未吃過貓狗罐頭，此時卻也想來上一盒半盒，他怯怯地問：「我現在過去，會被那些貓狗排擠嗎？」

「不會喔。」地瓜說：「不過你沒剪耳，她也應該記得你，你現在過去，說不定又會被抓去醫院喔。」

「怎麼這樣！」阿宏哀淒地叫，立時被地瓜摀起嘴，這才想起倘若女孩聽見自己的聲音，或許會循聲找來。「她爲什麼非要剪我耳朵跟蛋蛋？」

「你沒常識啊？你以爲人家喜歡偷你的蛋？」地瓜說：「市區裡的流浪貓狗如果沒結紮，越生越多，惹惱更多人，不就要全面撲殺了嗎？替你結紮是保護你、保護大家！」

「但我是人，不是貓……」阿宏見女孩蹲在地上摸著貓狗的腦袋，和他們說話，神情如天使一般，不禁瞧得微微出神。

「你喜歡這種類型的女孩呀？」地瓜問。

「沒有男人不喜歡這樣的女孩吧。」阿宏嘆了口氣，「只不過……她們通常只喜歡有錢的男人，或是帥男人，或是有錢的帥男人……而不是我這種人生失敗者……」

「……」地瓜望著阿宏，說：「你自己摸摸良心，如果你是她，你會喜歡有錢的帥男人，還是本來的你，或現在的你……」

「有錢的帥男人，再來是……現在的我，最後……」阿宏至少有點自知之明，知道之前的自己，比現在變成幼貓的自己更令人退避三舍，但他還是想反駁些什麼。「可是有錢的帥男人，內在不見得好耶。」

「你內在有比較好嗎？」地瓜哼哼地說：「要是她比現在老三十歲、鼻子大兩倍、眼睛一大一小、嘴巴歪一邊，你還會把她當成心目中的小柔天使嗎？你這內心骯髒的傢伙，跟婆婆求符變成貓又不肯犧牲蛋蛋，你要是願意犧牲蛋蛋，現在說不定已經被她帶回家疼愛，窩在她懷裡滾來滾去，多受歡迎啊！」

「……」阿宏用小爪子捂住耳朵，不想繼續聽地瓜說話，但見女孩腳邊幾個小盤上的飼料和罐頭肉逐漸減少，又焦急起來，肚子發出一陣陣咕嚕聲。「怎麼辦？食物快沒了……」

「你不怕被抓去剪蛋就過去併桌啊。」地瓜說。

女孩餵完貓狗，收去餐盤，分別摸了摸他們的頭，和他們說了些話之後，這才轉身離去。

女孩一走，貓狗們也四處散開，走得無影無蹤。

只剩下一隻紫灰色大貓望著女孩背影片刻，轉身往溜滑梯走來。

「啊！」阿宏認出那正是符紙婆婆桌上的芋頭。

芋頭躍上溜滑梯，抖了抖肚子，大嘴一咧，吐出一大團飼料，和幾大塊罐頭肉，然後優雅地抹抹嘴巴，理起毛。

「……」阿宏見地瓜揚起小爪子指著芋頭吐在他面前的食物，一副「你可以吃了」的模樣，不禁愕然。「這什麼意思？你要我吃嘔吐物？」

「小子。」芋頭瞇起眼睛，說：「這不是嘔吐物，嘔吐物是從胃裡出來的，這些食物我沒吞進肚子裡，甚至一點也沒弄髒——我的嘴，比人類的手還乾淨。」

「你不是肚子餓？」地瓜推了阿宏一把。「吃啊！」

「你……你不吃嗎？你不餓嗎？」阿宏反問。

「誰要吃他的嘔吐物啊！」地瓜這麼說：「他有口臭，噁心死了！」

「……」阿宏無奈地伸爪扒了扒那些乾飼料，只見飼料乾燥潔淨，確然不像從一隻貓的胃裡出來的，同時那幾塊罐頭肉香氣誘人，他再也忍不住，咬了幾粒飼料後越吃越來勁，一下就全吃下肚子，還將留在地上的汁液都舔得一乾二淨。阿宏意猶未盡地舔著爪子，正想問芋頭還吐不吐得出更多東西時，突然感到身旁有股奇異氣息。

似乎是男人的喘息。

他轉頭，透過溜滑梯旁的卡通圍欄空隙，看到一旁站了個男人。

男人戴著鴨舌帽和白色口罩，身材高大胖壯，輕微喘著氣。

男人拉下口罩，露出嘴裡一口爛牙和詭異笑容，他的笑容和雙眼透出猥瑣的氣息。他盯著阿宏，顯露一種強者睨視弱者的神情。

阿宏還沒反應過來，就被男人伸過欄杆的手抓住了後頸軟肉，提出溜滑梯。

「啊！」阿宏小小的身子被提在空中，四足亂抓，向地瓜和芋頭求救。

他們沒有動作，只是互視了一眼。「就是這個人。」「嗯……」

阿宏被男人拎到面前，覺得他眼神好醜惡、身體好臭，臭得跟過去的自己有點類似，是那種身體上的臭混合了心理的臭——

一種人生失敗者的臭。

不同的是，阿宏的失敗臭味轉化爲自卑，使他時常低頭自怨自艾，沉迷在孤獨的幻想世界裡；而這男人卻將自己的失敗轉化成憤怒，鎖定那些比他弱小的傢伙——例如現在的阿宏。

阿宏從男人眼中看見恐怖的異光，劇烈的痛楚在他小爪子上炸開——男人像折雞翅般折斷了他左爪。

「呀——」阿宏發出痛苦的尖叫。「你做什麼！你是誰？我哪裡得罪你了？」

「住手！」女孩的尖叫自遠處傳來，她飛奔過來，舉著手機對男人大叫。「我拍下你的樣子了，這幾個月在附近虐貓的人就是你對不對！你爲什麼要做這種事！」

男人第一時間驚慌地扔下阿宏，轉身就跑，但跑了幾步突然轉過身，緊張地戴回口罩，像隻受驚的惡獸般盯著女孩。

和她手裡的手機。

彷彿意識到醜陋的他做出的醜陋事被人發現了。

他看似在猶豫，然後朝女孩走去。

女孩露出驚恐的神情，顫抖地往後退，她左右望了望，發現四周除了她和這男人，再沒有其他人。

摔進花圃的阿宏驚慌失措地要逃，卻被地瓜揪住尾巴。

「你不是想受歡迎？想被人喜歡？」地瓜問。「現在你有機會囉。」

「什……什麼？」阿宏被地瓜推出草叢，只見那惡臭男人已抓住女孩拿手機的手，另一手掐住她的頸子不讓她發出聲音。

「和臭壞蛋聯手欺負她，和臭壞蛋聯手欺負其他小動物，打跑臭壞蛋救了她和其他小動物。」地瓜說：「你覺得哪一種行爲比較受歡迎？你想要大家喜歡你，但你從小到大有做過討人喜歡的事情嗎？」

「討人喜歡……的事情？」阿宏望著女孩痛苦的臉，一下子想不了那麼多，只能扯開喉嚨對男人尖叫：「住手、住手——」

男人將女孩壓倒在地，跨上她的腰際奪下手機，一手掐著她脖子，同時一面操作手機，急著想刪除照片。

「還是說，你和他一樣？」地瓜在阿宏耳邊說。「你比較支持那個臭壞蛋？」

「我才不支持他！」阿宏這麼說，被地瓜一把推下花圃。

他摔在地上滾了一圈，本來以為自己的斷爪會痛到爆炸，但他站起來時，突然覺得自己一下子高大起來——他變回人了。

那臭男人嚇得從女孩身上翻開，盯著一旁不知哪兒冒出來的阿宏。

「證明給我看！你想要被人喜歡，就做點討人喜歡的事情——」地瓜攀在阿宏肩上，對著他耳朵大叫。「你想要那臭壞蛋喜歡你，就去幫他；你想要小柔天使喜歡你，就去救她！」

「放開她，你這個變態——」阿宏衝向男人，一把將匆忙起身的男人推倒在地。

男人捂著臉，又驚又怒，從口袋掏出一柄小刀，瞪視變回人身的阿宏，又瞪視落在阿宏腳邊的手機。他想逃又想煙滅證據——現在證據越來越多了，他不知所措。

女孩掙扎起身撿回手機，急急撥號要報警。

「吼——」男人似乎被女孩的舉動刺激，嘶吼地衝了上來。

啪——一聲如同落雷的聲響自溜滑梯處響起。芋頭用尾巴拍上卡通欄杆，一股無形音波彷如海嘯，起初平靜，竄到男人身邊時才高高掀起。

震得男人雙腿一軟，小刀落在地上。

「妳快逃！」阿宏撇頭對女孩說，然後衝向男人，結結實實賞了男人一拳，和他扭打起來。

不知怎地，阿宏覺得男人似乎沒那麼可怕了，畢竟他剛剛才從小貓視角變回人類，男人在他眼中一下子從一頭怪獸變成和他差不多的身材。

芋頭鞭下第二記尾巴，四周的空氣彷彿凝結，空中一片片落葉的速度陡然減緩千倍；女孩直挺挺地站著，雙眼呆滯，飄起的頭髮也浮騰在空中。

四周彷彿凍結了般。

阿宏在訝異中被男人還擊一拳，痛得摀臉跌倒在地。男人暴怒追打阿宏，小腿卻突然劇痛，一隻不知哪兒冒來的黑狗緊咬著他小腿不放。

花圃、樹後、椅下，四周探出一顆顆腦袋，是一隻隻大貓小貓、大狗小狗和松鼠。

阿宏再次狠揍男人一拳，將他擊倒在地。

貓狗松鼠們衝擁而來，將男人團團圍住，紛紛張嘴咬他、揮爪扒他。

「走走走，別礙事。」地瓜趕來驅走那些貓狗，對他們說：「去幫忙找個袋子來裝垃圾。」

芋頭也躍來地瓜身邊，像個人似地站起，和地瓜一起揪著男人手腳，玩娃娃一般將男人雙腳往脖子上架，雙手反拗到背後，讓他擺出了個瑜伽姿勢。

男人張大了嘴，卻喊不出聲。他這輩子沒練過瑜珈，此時手腳扭轉角度卻不輸給世界一流的瑜珈大師。

幾隻狗兒咬來一個大型黑色垃圾袋，芋頭接過來攤開抖了抖，罩上男人全身，翻轉過來還打了個結。

地瓜則對著垃圾袋拳打腳踢，將裝入男人的垃圾袋當成沙包，咪嗚罵著：「終於被我們逮到了。」他一面打，一面對愕然的阿宏說：「這壞蛋在這一帶囂張好久了，弄死好多貓狗。他很奸詐，專挑他們吃飽放鬆的時候現身。」

「啊！」阿宏終於會意，說：「你們把我變成貓，是要我引他出來？」

「對啊。」地瓜點點頭。「其他貓狗們漸漸知道這個壞蛋，一吃飽就躲起來，他就開始挑一些比較笨、沒經驗的小貓下手，你說他壞不壞？」

「他爲什麼要這樣做？」阿宏見大黑垃圾袋隱約有些掙扎的動靜。

「他跟你一樣，不受人喜歡。」芋頭宛如大力士，高高舉起大黑垃圾袋，望著阿宏說：「但他不檢討自己爲何從來都不做些讓人喜歡的事情，反而去欺負比他更弱小的動物。再下去，大概就是人類小孩了。希望你以後——不會變成這包東西。」

阿宏望著揹著那包巨大垃圾的芋頭，和地瓜緩緩走遠，附近的動物也一哄而散。

他見到天上落葉落下，聽見一聲驚呼，轉身見女孩癱坐在地上，連忙對她說：「妳……妳別怕，壞人逃走了！」

「謝謝你。」女孩見阿宏臉上有些瘀傷，手腳也有擦傷，立刻取出衛生紙給他。

「我……我很胖，也不太會說話，但……」阿宏接過衛生紙，見到女孩感激的眼神，不知怎地，有些慚愧自己先前對她的評論。他慌慌張張地說：「妳放心，以後我一有空……就會來這裡晃晃，如果碰到他，就會趕走他，不會讓他繼續做這種事情！」

「要是更多人和你一樣就好了。」女孩向阿宏深深鞠了個躬。「眞的很謝謝你。」

阿宏望著女孩的眼睛，覺得自己的靈魂像觸電般衝出了脂肪、衝上了雲端，飄飄然地不知過了多久。他陪同女孩上警局報案的過程、與女孩告別時說了什麼，都不太記得了。

當他回復意識時，已在自家附近的學校操場跑了幾圈，覺得好累，又好餓。

他在回家的路上感到十分充實，經過了一攤鹽酥雞，忍不住買了一包，準備回家和哥哥、姊姊炫耀他今天做了一件應該十分討人喜歡的事。

「喂——」地瓜的喊聲從阿宏身旁的防火巷傳出。

「啊！」阿宏望著他，湊去蹲下，急急地問：「你們把他帶去哪裡了？我身體沒事了吧？以後不會變成貓了吧？」

「我們把他帶回家了，婆婆家裡有個小房間，專門擺那些東西，他會待在那裡，直到變乖爲止。」地瓜這麼說：「演戲假哭裝瘋賣傻騙人都沒有用喔，因爲我們可以看穿他的心。他現在的心呀，醜得跟大便一樣。他會在小房間裡待多久，完全由他自己決定、由他的心決定——他捨不得走，想待久一點，很簡單呀，只要繼續保持他現在的醜心就行了；但如果他很難過、想早點出來，那得稍微用功一點，先搞清楚他曾經做過哪些事，然後慢慢一點一滴，把他的醜心洗得漂亮一點囉。嘻嘻。」

「至於你嘛。」地瓜盯著阿宏手裡的鹽酥雞，舔了舔爪子，說：「你就別擔心了，婆婆的符沒那麼便宜，讓你當一天貓過過癮而已。你想當一輩子，還得付更多錢呢。」

「不了……一天就很夠了。」阿宏得意地捲起袖子，弓了弓手臂。「我剛剛去跑步耶，流了好多汗，你看有沒有瘦一點？」

「好像有。」地瓜點點頭，仍看著他手裡那袋鹽酥雞。「但你吃下這包，就胖回來了。」

「我……不能吃嗎？」阿宏乾嚥了口口水，覺得肚子叫個不停，鹽酥雞袋子裡的香氣比貓罐頭香多了。

「你現在知道想受歡迎，得先讓自己變成一個會受歡迎的人、做點討人喜歡的事了對吧。」地瓜說：「你想受到什麼程度的歡迎，就自己拿捏囉。想多受一分歡迎，就少吃一塊炸雞，或者多跑一圈操場。我可以幫你處理炸雞，你下午至少吃了芋頭的嘔吐物，但我還沒吃東西耶。」

「芋頭說那不是嘔吐物。」

「他騙你的，他會一些幻術，我也會……哎喲，不講這個啦，噁心死了。反正吃都吃了，不喜歡再拉出來就好了。你到底想不想受歡迎？快分我炸雞！不要逼我用搶的喔！」

「……」阿宏的食慾稍稍消退了些，便不介意插幾塊鹽酥雞和魷魚分給地瓜，又問：「鹽酥雞對貓來說太鹹了吧，阿純她說貓不能吃人吃的東西耶……」

「我又不是一般的貓，你看過會說話的貓嗎？」地瓜大嚼鹽酥雞，說：「你下次再買鹽酥雞，不能餵其他貓，但是可以餵我，有我持續幫你處理這些油炸壞蛋，你會漸漸受歡迎的……」

阿宏又和地瓜聊了幾句，才帶著半袋鹽酥雞返家，一面吃，一面規劃起之後的跑步計畫，還要定時在四周巡邏，阻止世界上各種可能傷害他的阿純天使的變態狂。

這世上每個人有高有低。

有站在高處一日日往下墜落的人，有位於低處一吋吋往上爬高的人。

也有雖不甘伏於低處，卻始終不肯出力向上，永遠自怨自艾的人。

更有自怨自艾還不夠，反而透過傷害欺壓比自己更弱小的對象，以獲取滿足的人——

對付這類人，用垃圾袋打包收走，應該是個不錯的方法。

第七章

一夜打不死

喀喀喀——

小木門響起三下脆聲，門推開。

走進來的男人身材精瘦，蓄著俐落平頭，有雙鋒利如刀的細長眼睛。

男人走到符紙婆婆的大木桌前，朝婆婆深深一鞠躬，將兩只黑黝黝碩大手提箱放上桌，打開，轉向符紙婆婆。

左邊箱子裡裝著滿滿的鈔票，右邊箱子裡是一堆金條、金項鍊、各式各樣的首飾珠寶，裡面還混雜了幾面搏擊比賽的獎牌。

其中一條紅布包著好幾把嵌著閃亮銀飾、手工打磨而出的利刃，有狀如奇幻電影裡的奇形匕首，也有外型古怪奇異但明顯具有驚人殺傷力的怪刀。

「老太婆，聽說妳……」男人不習慣與人對話，語調僵硬冰冷。「可以替人實現一切願望？」

芋頭探長身子，嗅了嗅大皮箱。「兩大箱東西加起來大概三千多萬……這麼大手筆，你想求什麼符？」

「我想要，打不死。」男人這麼說，見符紙婆婆一點反應也沒有，又見大貓瞇起眼睛露出困惑的模樣，補充道：「我知道……我聽說過，向你們買命很貴，不論是自己的命，還是別人的命……不需要太長的時間，我只要買一個晚上就夠了。」

「你出三千萬，向婆婆買一張……讓你一個晚上打不死的符？」紫灰色大貓喵嗚一聲。「你的意思是，你想要獲得一副不死之軀？就只一個晚上？」

「是。」男人點點頭。「槍打不死、刀砍不死、車撞不死、跳樓也摔不死、火燒不死、雷劈不死、水淹不死……總之，就是打不死……」

「嗯。」芋頭揚了揚尾巴。「聽起來，很微妙喲——你眞的知道我們這兒的規矩嗎？」

「我聽說過。」男人又點點頭。「符紙婆婆，有求必應；不同的要求，得付出不同的代價；代價如果不夠會影響符的效力，甚至必須付出額外的費用……」

「更重要的是，符的效力和價碼，會受到你後續行爲影響。」芋頭見男人神情漠然，也不知他聽不聽得懂自己的意思，再補充說：「我這樣說好了……擁有一副打不死的身體，可以做很多事——跑去打死人、跑進火山口拍照片、深入災區救命，這三件是完全不一樣的事，你明白嗎？」

「我要保護一個人。」男人這麼說。

「嗯。」芋頭望著男人袖口外的刺青，冷冷地說：「保護作奸犯科的黑幫頭目，跟保護良家婦女，自然也不一樣。」

「……」男人沉默幾秒，聳聳肩。「無所謂，盡人事，聽天命，多撐一秒算一秒。」

「你要保護人。」芋頭瞄了皮箱裡那幾把嚇人利刃，隨口說：「這幾把東西，說不定比婆婆的符還好用。」

「那些是我無聊時做好玩的，沒比菜刀好用多少。」男人答：「我只是想盡量把箱子塞滿而已。」他說到這裡，頓了頓，提高聲音說：「我知道這裡除了鈔票珠寶，還收其他東西。」

「我們什麼都收。」芋頭點點頭。

「聽說越壞的，越值錢？」男人問。

「是。」

「打爛的呢？嗯，我是指……斷手斷腳，腦袋開花……」

「身體無妨，我們要的是身體裡頭的東西。」

「我應該很值錢。」男人冷笑舉起手，做出手槍姿勢，指著自己腦袋。「拿我一條命，換一晚上。」

芋頭湊近男人，嗅了嗅他的手、嗅了嗅他的臉，不屑地說：「你確實比一般人值錢不少，但也還好，我們收過比你貴無數倍的東西，你有點高估自己的價值了。」

「這算是稱讚嗎？」男人莞爾。

芋頭還沒答話，婆婆已經寫好了一張符。

符上的字是墨綠色，筆畫簡單明瞭——正常人自然一個字也看不懂。

男人接過符，向婆婆點點頭，立時轉身離去，他剛踏出門就取出打火機點火燃符。

「老兄。」芋頭見他剛出門就燃符，出聲提醒。「現在都大半夜了，離天亮也沒幾小時囉……」

男人沒說什麼，將燃火符紙高高拋起，星星點點的青光餘燼在男人身後飄升旋起。

在巷子前端等著男人的，是一名高中生模樣的女孩。

女孩蹲在巷中，輕輕搔著地瓜的頭和頸子。

地瓜仰著頸子，十分享受少女的撫摸。

「走了。」男人冷冰冰地說。

女孩點點頭，起身跟在男人身後，不時回頭，似乎對地瓜有些依依不捨，她忍不住問。

「我可以帶著他嗎？」

「那是別人家的貓。」男人回頭望了地瓜一眼。

「可是他跟著我。」女孩這麼說。「他想跟我走。」

地瓜確實跟在女孩身後，每每見她回頭，就對著她喵喵低喚。

「快點，時間不夠了。」男人拉著女孩快步走出巷子。

上了一部黑色轎車。

轎車某側門上布著幾枚彈孔。

後車廂蓋下隱隱透著血跡。

□

黑色轎車停在某處海港倉儲裡，四周堆滿高聳的巨大貨櫃。

女孩坐在副駕駛座上吃著途中購入的速食，男人則下車焦急地講著電話。

男人掛上電話，繞到副駕駛座車窗旁時，女孩已經沉沉睡著了。

他拉開車門喚了她幾聲、拍拍她的臉，見她毫無反應，知道添入飲料裡的強力安眠藥發揮了效力。

他將她拖下車，抱入車旁巨大鐵皮貨櫃側面一扇小門裡。

男人開啓手機燈光，擺在一個木箱上作爲光源，抱起女孩攀上木箱，越攀越高——這些木箱看來排列雜亂無章，但從低處到最高處，木箱間的落差不會超過一個箱子——這讓男人能在懷抱女孩的情況下，輕易循著如登山階梯般的木箱堆，一路攀上接近貨櫃頂端；那兒木箱堆得密密麻麻，但在某處不起眼的位置，木箱和木箱間卻未併攏，形成一塊缺口。

他將女孩拖入缺口，取出打火機照亮四周——

缺口內是一處隱藏在貨櫃尾端高處、透過木箱排列刻意留出的狹小空間；小空間角落底部也有處缺口，直通貨櫃底部。

男人將女孩放下，動手解開她上衣一顆顆鈕釦，瞥見她雪白胸口，呼吸略微急促起來；他像是聽見了什麼，回頭見到小空間入口外，站著一隻土黃色小貓，歪著腦袋往裡頭望。是剛剛的地瓜。

男人鬆了口氣，繼續解開女孩所有釦子，脫下她的上衣。

他花了幾秒鐘盯著她的下半身，似乎在猶豫是否該將她的褲子也脫下。

最後他沒有這麼做，而是將她揹上背，用從她身上脫下的上衣，將她和自己綁在一塊兒。他揹著她，攀入小空間內通往貨櫃底部的缺口，手搆腳踩著木箱凹槽一路抵達貨櫃底部，拉開地板上一道隱密小門，露出壓在貨櫃底下的水泥管道，循著暗道鐵梯攀下管道，來到一條更深長、寬敞且似乎四通八達的地道。

這條地道是海港設計失敗而封閉的管線通道，被男人的老大鉅資買通港口官員獨佔下來，另外造了幾處出入口，作爲走私運毒之用。

男人是老大的司機兼保鏢。

老大在三週前死在敵對勢力槍口下，臨死前囑咐男人無論如何也要保護他的獨生女兒。

男人帶著老大千金不停逃亡，對方似乎與老大有著深仇大恨，不但殺了老大連同他一票情婦，就連他的親生女兒也不願放過。若非老大的凶悍大老婆正在海外度假，肯定也要命喪仇家槍口下了。

幾小時前，男人終於聯絡上大嫂，也就是女孩的母親。

女孩母親召集了人馬，浩浩蕩蕩渡海來救女兒。

如果一切順利，援軍會在天亮之前抵達港口，他們會與平時走私毒品的手法相同，自遠處下船，泅入這港口祕密通道，找出藏在暗道裡的女孩，替她戴上氧氣罩，帶她入水、泅遠、上船，與母親會合。

他不清楚女孩凶悍如虎的母親會不會對仇家展開全面反擊，反正到時候已經不關他的事了，他此時的任務，就是盡全力守住女孩。

男人知道自己的行蹤已經暴露，仇家隨時會找來這，光憑他一人的力量絕無可能撐到天明援軍抵達。

他需要點額外的力量，所以找上符紙婆婆。

地道裡伸手不見五指，但男人卻像在自家客廳中一般熟悉，很快抵達地道某處較爲寬敞的空間，從角落摸出一個大袋，裡頭裝著幾卷膠帶、手電筒和幾張毯子。

他解開綁著女孩的衣服，纏在自己臂上，再用毯子裹著女孩身子作爲保暖，他擔心女孩中途驚醒掙扎亂叫，還額外用膠帶綁住她手腳、封著她嘴巴，爲此他特地先探詢過她沒有鼻塞，不會因此悶死。他調整了她的姿勢，確定她呼吸順暢，便將手電筒留在女孩懷中，獨自循原路鑽回貨櫃。

他繼續向上，通過小空間後，再搬箱子將木箱牆面缺口堵死——這麼一來，若是有人闖入這貨櫃，將很難察覺貨櫃尾端的木箱牆後，其實留了個隱密空間，有處通往走私地道的暗門。

男人一路躍下，途中不時調整木箱位置，破壞了那條能通往隱密空間的「登山階梯」。

他取回擺在貨櫃入口木箱上的手機，看了看上頭幾則未接來電和簡訊，全是正在海上的援軍傳來的詢問訊息。

他鎖上貨櫃門，無暇回覆訊息，來到轎車後打開後車廂。

裡頭有具女屍。

女人是他的夥伴，領的命令和自己一樣——保護大小姐。

但女人在昨晚一場槍戰中被射中要害，在今晨死去。

他拖出女人，解開她的釦子，突然聽見幾聲貓叫，地瓜不知何時溜了出來，伏在貨櫃高處看他。

「你聽得懂人話？你是婆婆的貓？」男人快速脫下女屍上衣，替她換上女孩的衣服，跟著將她拖上副駕駛座，還調低了椅子，讓她倚躺在副駕駛座上。

男人關上車門，從後車廂抽出一袋棍棒刀械，關上後車廂，躍坐在後車廂上，一面抽著菸，一面回覆援軍簡訊，還回頭望著高處的地瓜。「你跟著我想幹嘛？」

「等你付尾款啊。」地瓜咪咪叫，「你不是說要拿自己抵帳？」

「喔。」男人長長呼出口煙，沒好氣地說：「派隻貓來替我收屍，也挺有趣的。」

「我說你呀——」地瓜嗅了嗅身下的大貨櫃。「這大箱子聞起來臭臭的，臭得很值錢，你們在裡頭做了不少壞事。」

自地瓜身下這座貨櫃底下的管線密道流出或流入的槍械和毒品，市值超過十億，替男人那死去的老大賺入好幾棟房子。

「是呀。」男人聳聳肩。

「像你這種壞人，怎麼會想賣掉自己的命，去保護另一個人？」地瓜問。

「她是老大的女兒。」男人答。「老大救我一命，我拿這條命報答他，有什麼奇怪？」

「我看不只。」

「什麼不只？」

「不只是這個理由呀。」

「那是什麼理由？」

「你喜歡她。」地瓜喵喵地對男人叫個不停。「是不是、是不是？你是不是喜歡她？是不是！」

「……」男人難得露出窘迫神情，將視線轉遠，好半晌才說：「我是個壞人，我老大、大嫂，和老大養的那些情婦，沒一個好東西，我們在幹的都是會害死人的事，但是——」他說到這裡，微微轉頭瞥了大貨櫃下的水泥地面一眼，視線彷彿穿過了貨櫃、穿過了層層水泥，直視藏在廢棄管線通道中的女孩。「她是無辜的，她跟我們不一樣，我是一坨爛狗屎，她乾淨得像天上的白雲……」

「我知道。」地瓜說：「她身上很香，香得很便宜。」

一陣引擎聲自遠逼近。

男人默默望著前方高聳堆疊的貨櫃間的通道深處。

「所以你到底是不是喜歡她？」地瓜問。

「……」男人稍稍瞇起眼睛，深深吸了一口菸，菸頭上的炙熱光點加速移動，明顯縮短好大一截。

他那雙細長眼睛瞇起來時，像兩把銳劍。

一輛輛廂型車、轎車駛到男人佇身的貨櫃前，將四周圍得水洩不通，車門轟隆隆打開，躍下一個個黑衣打手，有人持刀、有人掏槍。

「呼——」男人瞇著眼睛呼出積在肺裡的煙、彈落菸蒂，躍下車大步往敵人走去，還回頭望了地瓜一眼。「你家婆婆的符眞的有效嗎？」

「你被打幾槍不就知道了。」地瓜答。

「說的也是……」男人聳聳肩，眼前已槍聲大作。

二、三十把槍同時朝男人開火。

百來發子彈接續鑽進男人身體裡，一發發子彈融合成的巨大衝擊力，壓得男人不停後退。

「啊呀，忘了提醒你。」地瓜嘻嘻笑地舔著爪子。「不管你會不會死，但痛是一樣痛喲。」

男人身上的彈孔飛快增加，鮮血像榨番茄般噴出。

黑衣打手們紛紛放低了槍，有些開始更換彈匣，有些瞪著男人，露出驚愕神情。

全身遍布彈孔的男人沒倒下，直挺挺地站著，還伸手進西裝外套裡緩緩取出一把短刀，反握在手上。

「你提醒得還真慢……」他開始往前走，然後回頭瞪了大貨櫃上的地瓜一眼。「不過，出來混，還怕痛？」

有些打手循著他的視線往上，卻什麼也沒見到。

「我揍人、人揍我；我殺人、人殺我，很公道……」男人再次抬步往前，第二輪槍彈很快撲到他身上，再次將他壓得連連後退。「老大保我的命，我保他女兒的命，很公道……」

「騙人，你喜歡她。」地瓜還在舔爪子。

「哇！怎麼……打不死呀？」黑衣打手們見男人迎著彈雨一步步朝他們逼近，可嚇得慌了，有些人開始後退，但立刻被在後頭壓陣的帶頭大漢重重搧了腦袋。

帶頭大漢身形壯碩、滿臉橫肉，臉上還有兩條嚇人刀疤，顯然也身經百戰。

男人朝著離他最近的一名打手走去，緩緩揚起短刀。

打手也沒被男人嚇退，高舉著槍對準男人額心，飛快連扣扳機——他的反應正確無誤——倘若是對一般人而言。

但男人此時已非一般人。

他是個燒了符紙婆婆的符的人。

他用一箱鈔票一箱珠寶，外加壞得又臭又貴的自己，換一夜打不死。

他將手上短刀送入打手胸膛。

槍聲繼續大作，男人沐浴在彈雨裡，不疾不徐地抽出刀，尋找下一個目標。數十名打手們嚇得三魂七魄都離了體，眼前男人的生命力似乎比電影裡的喪屍還堅韌，正常情況下他們應該棄槍逃跑的，但他們不敢逃，因為壓陣的大漢凶狠程度不下喪屍，大漢上頭的大哥更比喪屍凶猛百倍，大哥要滅人全家，誰也不敢不從。

甚至誇張點說，這些打手寧可被喪屍咬死，或是被男人持刀刺死，也不敢逃離現場再被大哥尋回，用臨陣脫逃的罪名將他們押入刑堂。

大哥大概是要刻意立威，每隔幾個月就開一次刑堂，打手們都見過刑堂裡受罰者的慘狀——

比死慘多了。

大批打手射完了身上所有子彈，從車中抽出刀棍將男人團團包圍。

他們覺得自己不像在砍人，而像是在砍一頭猛獸。

一頭紅色的猛獸。

有幾名打手繞開男人奔去車邊，砸車破門，企圖攻擊副駕駛座裡穿著女孩上衣的女屍，又被追上來的男人纏上亂打。

「別上當，她不在車上。」大漢領著打手撬開貨櫃的門，指揮手下攻入。「在裡頭！這地方底下有密道，他們靠這地方撈了不少。」

男人發出怒吼，他手上的短刀早已被打飛，他遭七、八個打手用刀棍架著亂打，卻仍像一頭猛獸往貨櫃近逼。

「貓！幫個忙，保護她——」男人大吼。

帶頭大漢見男人對他頭頂說話，以爲貨櫃上有伏兵，迅速抬頭，卻什麼也沒看見。

「我爲什麼要幫你？」地瓜搖搖頭。

「我可以提高酬勞。」男人扯著喉嚨大叫。「越壞越值錢，這裡滿地都是錢，你聞不出來嗎？通通讓你帶回去，夠不夠救她一條命？」

「臭死了。」地瓜用爪子揉著鼻子，低頭望著底下的大漢。「不過價錢很合理。」

地瓜這麼說完，男人彷彿得到了額外的力量，力氣變得更大了，七、八個打手也架不住他，他沒了刀，還有嘴，嘴裡還有牙。

他咬下那些打手往他臉上招呼來的刀，搶下刀亂斬，刀被打掉，還有雙手跟牙。

攻入貨櫃裡頭的打手在大漢指示下翻找木箱，他們知道有密道，但不知道密道入口的確切位置，也不知道女孩是不是藏在其中一箱裡。

其中有個打手似乎聽見了什麼動靜，回報大漢，大漢吆喝幾聲，所有人都停下動作，豎耳傾聽。

是女孩的叫聲。她似乎已經醒了，對於自己手腳受縛、四周漆黑感到驚恐莫名，雖然嘴巴被貼上膠帶，但仍能發出唔唔聲響。

打手們將耳朵貼在木箱上找尋聲音來源。

他們鎖定了目標，大舉破壞那兒的木箱，從其中一個箱裡拉出一個女人，一陣亂斬，跟著他們只覺得古怪，仔細一看，那女人面貌與坐車裡的女屍一模一樣，喉間還發出古怪呻吟。

又有幾名打手在另一處木箱裡拉出一個一模一樣的女人，眾人驚覺那古怪呻吟聲此起彼落，這巨大貨櫃裡彷彿還有許多木箱中都藏著這個浴血女人。

打手們恐懼到了極點，人心開始動搖，覺得大哥的恐怖程度似乎還比不上這貨櫃中的奇異景象。

但擋在門前的大漢卻仍吆喝眾人繼續找，看似無腦的他什麼也不怕，世上彷彿沒有能嚇著他的東西，就連男人殺盡了其他打手、衝到他面前和他搏命，他也毫無畏懼地與男人惡鬥起來。他是大哥手下最能打的一個猛漢，他的拳頭可以打裂磚頭，握著利刃的他就像古代亂軍中殺進殺出的戰士。

浴血男人和無腦大漢在貨櫃門前互相搏殺得天昏地暗。

貨櫃裡的打手們繼續從木箱中尋出新的女屍，有人已經嚇得崩潰，或是呆坐，或是企圖尋找其他出口逃離。

地瓜則在混亂中深入地道，來到女孩身邊，窩在女孩懷裡，用腦袋蹭著她的臉。

女孩懷裡有了貓，似乎變得比較鎮定，但仍想起身叫喚男人，但她手腳被膠帶纏著，嘴上也纏著膠帶，僅能含糊呻吟低語。

「天哥……天哥……你在哪裡？」

她當然不會知道，男人此時正在上方地面擋著一群很值錢的傢伙，死也不讓他們接近她。

時間一點一滴地過去，女孩似乎又漸漸睏了，迷迷糊糊中感到有些腳步聲逼近，扶起她，在她臉上罩了個東西。

她被一陣透骨冰涼浸透全身，驚醒過來，發現自己仍能正常呼吸，一時以爲仍身處夢境中，四周輕飄飄的猶如騰在雲上；跟著，她被拖出水面，拉上一艘小船，裹上厚厚的毯子，從簇擁著她的那些人手中接過手機，見到視訊畫面裡的媽媽，知道原來不是夢。

「天哥呢？小貓呢？」女孩驚覺他們已不在身邊，東張西望。遠處貨櫃港口正逐漸遠離，她呆愣愣地望著港邊貨櫃，回想先前發生的事。「天哥呢？」

此時天色已漸漸翻白，港邊冷冽的風中微微飄著血味。

全身染成紅色的男人坐在貨櫃門旁，顫抖的手中捏著一截菸屁股。

貨櫃裡、貨櫃外，七零八落地堆著那些「很值錢」的東西。

地瓜喵喵叫著在貨櫃鑽進鑽出清點尾款，他滿意地回到男人身邊，說：「真有你的，婆婆這張符賺了不少。」他見男人想說什麼，馬上搖頭。「你不能反悔喔——說好一晚就是一晚，雖然你額外多付我們一大筆，我們也不可能延長時間！」

「誰要你延長，我想拜託你幫個忙……」男人苦笑著抬起手，指向遠處一角。

他落在地上的手機響了。

那是女孩的專屬鈴聲。

「幫我把手機撿給我，我身體動不了……」男人求了一張一夜打不死的符，得到了一晚空前怪力和一副不死身。

但現在天已經亮了。

「哼，這點忙倒是可以。」地瓜奔去叼起手機，回頭交給男人。

男人深呼吸調整氣息，接聽手機，對電話那端急得哭出來的女孩說：「妳哭什麼？我沒事啦……我得留在這裡善後，他們會帶妳去找大嫂……我忙完會趕去和大家會合……真的，我沒事，嘿嘿……」

男人在忍不住嗆咳起來之前，趕緊結束通話，隨意扔下手機，也扔下了菸蒂。

他站了起來，覺得力氣恢復了，身子變得輕盈起來，甚至比過去更加輕盈。

「哦，你忙完囉？那走吧。」地瓜對男人搖了搖尾巴，揚起爪子指了指貨櫃前那個碩大的灰色皮袋子。

男人走去，像個大力士，將碩大的灰色袋子一把扛上肩，隱約感到袋子有東西在蠕動，那是幾十個「很值錢」的東西，是他一整夜殺出的「尾款」。

他回頭，望了望坐在貨櫃前轎車車尾上那個紅通通的傢伙。

那是他付出尾款後，留在原地的身體。

跟著，他的視線轉向遠方，隱隱見到海上有個小點逐漸遠離。

他知道她安然無恙。

「你喜歡她？」地瓜問。

「……」男人沒有回答，而是扛著那大袋「尾款」跨過滿地東倒西歪、被收走了「尾款」

的傢伙們支離破碎的身體，跟著地瓜往前走。兩側貨櫃不知不覺變化，變成了磚牆，他們走入銜接上通往符紙婆婆家那條時光凍結的巷子。

他肩上的袋子仍不時微微蠕動，裡頭的「尾款」們似乎不太情願隨他這麼離開人世。

他不確定肩上這些傢伙有沒有和他一樣，身爲壞人，但偶爾也願意做點不那麼壞的事。

他也不確定這些傢伙之中，有沒有和他一樣，喜歡了一個人，卻不願承認的人。

第八章 好姊妹

這間餐廳裝潢雅緻，就連廁所都高雅得像美術館的展覽空間。

女人坐在馬桶上，用手機的自拍模式當鏡子，拿著口紅補妝。

一旁卷筒衛生紙架上擺著一個小小的高粱酒杯和一只打火機。

高粱酒杯裡空空如也，除非近距離用心細看，否則無法察覺杯底些許燃燒過後的灰燼。

兩分鐘前，她將一張黃符捲成管狀放入酒杯中點火燒去。

她從不知道紙張竟能燃燒得如此乾淨，一點煙也沒有。

枉費她特別找了家昂貴餐廳，就是看中這裡的廁所空調極佳，全無一絲異味。方便她燒符。

她對著手機看了看自己的紅唇，將口紅連同酒杯一同收入包包。

然後起身步出廁所，返回餐廳座位。

座位上另一個與她年紀相仿的女人，是她從國小要好至今的好姊妹，一見她回來，便連連招手呼喊她。

她笑吟吟地入座。

好姊妹揚起手機展示最新收到的訊息。

是那個英俊男人傳來的訊息，短短的、酷酷的幾個字——

妳穿什麼都美。

這則訊息的上一則，是好姊妹傳給男人的幾張自拍照，有些穿著暴露火辣、有些樸素保守。今晚她倆將共同參與一場盛大晚宴，分別代表彼此公司與男人洽談業務。好姊妹傳給男人的這些照片，像是在徵詢男人今晚聚會時的穿著，又像在打探他的喜好。

「人美眞好。」她笑了笑。「看起來他對妳很有意思。」

「可能喔。」好姊妹難掩興奮地燦笑。好姊妹天生麗質、個性活潑開朗，看中的男人無一不手到擒來——她也是，她與好姊妹不同，低調含蓄，但同樣貌美如花。

她倆從小學相識至今十多年，除了都很漂亮、精明幹練外，從飲食口味、穿著打扮再到興趣都相差極大，許多共同朋友對她們的友誼都不免感到詫異，時常說這麼不同的兩個人，怎麼會成爲好友？

現在想想，她倆或許就是因爲有太多地方不同了，反而沒什麼交鋒摩擦的機會。她和她就像彼此房間櫃子裡其中一處神祕小抽屜，打開來，就能跳入另一個世界暫時與世隔絕，關上後，對方又完全與自己無關。

但近來由於這個男人的出現，情況稍微有些不同了。

英俊男人的等級比她倆過去相中且得手的男人都高出一截，是個低調奢華的富二代，他的私人公司規模比她們分屬的兩間公司加起來還大上不少。

她們的品味終於默默地重疊了。

她不曉得好姊妹有沒有察覺到自己也看中了他，或許有，但沒有的機率應該稍微高些吧。畢竟她不像好姊妹總在看上某個男人後便高調宣示主權，像萬人敵大將般挺著方天畫戟風風火火地發動長征；她低調得像頭高雅的獵豹，又像潛伏在黑夜城樓上的高強忍者，在適當的時機逮著目標的靈魂，給予精準一擊。

她倆戰術南轅北轍，共通點是成功率極高。

但當兩人目標一致時會出現什麼情形呢——她覺得自己的勝算略高，畢竟敵明己暗——但也不一定，最終結果還是要視男人的口味喜好而定。

她並不討厭好姊妹，卻絕不想輸給她。

為了保險起見，她在幾分鐘前去廁所燒了張符。

是一張能實現任何人任何心願的符。

雖然，她聽說過某些傳聞，有些人的願望和燒符後的結果出現了落差，落差還不小。但她覺得自己應該已經付出足夠的報酬了吧，畢竟她祈求的效果並非太過誇張，不過是讓好姊妹的漂亮臉蛋出現一些過敏症狀，持續一個晚上，好讓她倆同時現身在他面前時，自己能取得些優勢——用一個月薪水換取這麼丁點優勢，似乎沒有那麼貪婪過分，對吧？

服務生端來一道白酒蛤蜊義大利麵到她面前，又送上海鮮燉飯給好姊妹，兩人笑嘻嘻地用餐，她們甚至毫不忌諱地與對方分享彼此餐點，妳一匙來我一勺去。

當她見到好姊妹臉蛋開始微微泛紅時，忍不住笑了幾聲。

她覺得好姊妹傻得好可愛，傻得令她不禁有些罪惡感，開始覺得自己其實就算不靠這張符，應該也能擄獲那男人的心吧。

她伸手在臉上抓了抓，有點癢。

她看了看空盤空杯、看了看時間，此時距離晚宴還有數個小時，她覺得或許現在該讓好姊妹獨處比較好，她有點不忍心親眼目睹接下來的變化，她覺得好姊妹的臉逐漸發腫。

然後她找了個理由，稱自己公司還有事要處理，晚上再與她相約晚宴。

好姊妹完全同意，也稱另外有事。

她倆一同結帳走出餐廳，一個往東、一個往西。她快步走了好一陣，忍不住噗哧笑了出來，想起結帳時收銀員盯著她們的臉時露出的奇異神態，她那時沒有仔細看看好姊妹的臉，或許已經出現過敏的症狀了吧。

她走了一陣，又抓了抓臉，好癢，怎麼回事？她在一處店家前停下腳步，望著玻璃中的倒影，隱約見到自己臉上紅斑滿布，兩頰浮腫難看。

她感到前所未有的恐懼，難道——

她驚恐回頭，早已不見好姊妹身影，她從包包裡取出薄巾遮頭裹臉，三步併作兩步地轉進小巷，不想讓任何人見到她現在的樣子。

她穿過一條條小巷，腦袋像電腦當機般錯亂，急奔了好一陣，甚至跌倒折斷了高跟鞋跟後才稍稍冷靜下來，取出手機再次開啓自拍模式檢視起自己的臉——

此時她的臉比幾分鐘前更腫了，紅斑上還隆起一顆顆古怪痘痘，又痛又癢。她顫抖地按出電話通訊錄，望著好姊妹的名字，想問她是不是也向符紙婆婆求了符。

她還在猶豫，見到防火巷深處走過一隻貓，連忙跟上，還從包包裡取出那朵茉莉花別上衣領。那隻貓腳步不特別快，但她怎麼也追不上，心急之下就像某支老廣告的橋段，將另一隻高跟鞋跟也徒手折斷，加快腳步追上。

「等等、等等！這到底怎麼回事？爲什麼——」她一面喊、一面追，奔得氣喘吁吁、汗水淋漓，終於發覺四周窄巷似乎與剛剛有些不同，空氣裡緩緩飄著一片片凍凝在空中的落葉和紙片。

遠處巷尾那堵牆前，七零八落地伏著幾隻貓。她急急奔去，卻見符紙婆婆的木門關著，門外還掛了塊「本日公休」的小木牌。

「怎麼回事？婆婆、婆婆！」她驚慌地敲著木門。

「喂喂喂！小姐！妳們怎麼都不識字呀——」地瓜的聲音自她身後高處發出。他伏在牆上，咪咪喵喵地說：「牌子上不是寫了『本日公休』嗎？」

「公休？可是我的臉……怎麼會變成這樣？快請婆婆出來，我……」她對著地瓜大呼小叫，突然想到了什麼，呆了呆，說：「你剛剛說……『妳們』？」

「幾分鐘前也有個女人來過。」芋頭的聲音從另一邊磚牆高處響起。

「妳們是雙胞胎姊妹嗎？」地瓜用小爪子抹著臉說：「臉都圓圓腫腫還紅紅的。」

「果然……」她喘著氣，擔心的情形成眞了——

好姊妹也向符紙婆婆求了符，一張效力與她那張差不多的符。

「那她……她……」她結結巴巴地問：「她比我先來，那……她現在呢？」

「她走了。」芋頭說：「今天婆婆休息，我們代婆婆顧店，有準備了些現成的符，妳看看有沒有需要的。」

她聽見背後發出一陣轟隆隆的震動聲，連忙回頭，只見身後磚牆壁面上竟歪歪斜斜地嵌著一個破爛老舊的自動販賣機。

她湊近去看，商品欄裡有數十張符，每張符下都有對應的價目，有些索價上億、有些僅需數千至數萬，甚至還有兩、三張符的價位欄上不是數字，而是看來嚇人的紅色骷髏頭記號。

「這……我看不懂這些符的功用呀……」她焦急地說：「有沒有能治好臉的符？」

「有呀。」地瓜躍上自動販賣機，喵喵叫地指揮著她的手指在一張張寫得龍飛鳳舞的符紙間挪移。「左邊，再左邊，再左一格，下一格就是了，對對對！就是那張。」

「這張……」那張符的價位才二百九十九元，她不禁有些不安。「能治好我的臉？」

「對呀。」地瓜點點頭，喵喵地說：「這是解『豬頭符』的符，剛剛那女人也買了一張。我想起來了，之前妳們兩個都向婆婆買了豬頭符，妳們互相用在對方身上喔？」

「唔……」她見那張「解豬頭符的符」旁邊，確實有個空缺欄位，底下的標價欄位上寫著「已售出」；她從皮包取出三張百元鈔票放入置鈔孔。

那張符徐緩落進取貨口，退幣孔裡匡啷落下一元找零。

她急忙取出符，快速用打火機燒了——這符效力快得令她咋舌，僅十餘秒。她腫脹圓臉便消退復元、不痛不癢。她再次取出手機細細檢視面容，臉頰那塊塊紅斑已經退去，此時她美麗臉蛋上除了因驚嚇造成的些許蒼白外，與過去沒有任何分別。

她喘了幾口氣，撫著胸口讓心情平復，心中覺得空虛茫然又十分尷尬，正想離去，但她突然警覺到什麼，仔細盯著販賣機——

自己買走一張解豬頭符的符、好姊妹也買走一張。

但販賣機上「已售出」欄位卻不只兩欄，而是五欄。她急急地問：「剛剛……她買了不只一張符？」

「是呀。」

「她一共買走四張符？」

「是呀。」

「她……她買了什麼符？」

「不能告訴妳。」地瓜說：「這是人家的隱私喔，妳也不希望別人知道妳買了什麼吧。」

「可是剛剛……剛剛你不是也說我們都買了豬頭符……」

「不一樣、不一樣！妳們既然互相用了豬頭符，再各自買一張解豬頭符的符，用來解對方的豬頭符，這樣還能算是隱私嗎？」地瓜說：「但她買的其他符就是隱私啦。」

「她……她想用在我身上嗎？」

「妳猜猜。」地瓜在販賣機頂上翻起肚子，笑嘻嘻地說：「反正販賣機裡的符可以攻擊也可以防守，有便宜也有貴的，妳自己看情形準備囉。」

「這……這……」她焦急無助，隱然感到自己找婆婆求符對付好姊妹，爲此結仇，或許做錯了——但這念頭隨即被她拋諸腦後。她並沒有做錯，如果她不求符，好姊妹卻求了符來對付她，在那種情況下，她連反擊或是自保的能力都沒有，甚至連自己碰上了什麼麻煩都不知道。

她稍微想像了那樣的畫面——她的好姊妹挽著那英俊又多金的男人胳臂，假意心疼自己被豬頭符弄紅弄腫的臉，說些不著邊際的客套話安慰她，然後與男人甜蜜約會，留下自己落寞攬鏡垂淚——

她絕不允許這種情形發生。

她要還擊，或至少自保。

「哪些是……防禦的符？」她邊說邊打開皮包檢視，裡頭的現金僅幾千元而已，而自動販賣機上那些符售價從幾億到幾百元都有。

幾億、數千萬的符她自然無力負擔，更別說那些骷髏標誌的符，她連想都不敢想；價位再低些的，百來萬到幾十萬，她硬要買是買得起，但爲了一個男人花上百萬買符，又似乎太離譜了。

但即使她沒有這樣的意願，她的好姊妹呢？

她突然覺得好姊妹浮現在她腦海裡的面容有些陌生，對方會不會耗費上百萬買攻擊符籙來對付她？如果對方眞這麼做的話，自己該砸多少錢，才能擋下攻擊？

「能不能……等我出去提點錢？」她嘆了口氣說：「我帶的現金不太夠……」

「妳無須多跑一趟，在這兒就能提錢。」芋頭淡淡地說。

她聽見背後喀啦啦又是一陣震動聲響，轉身一看，背後牆面浮出一台提款機。她無奈取卡提款，望著戶頭裡百來萬存款，還注意到螢幕選單註明此提款機並無每日提款上限。

「姊姊，我給妳個提示好了。」地瓜見她在猶豫究竟該動用多少預算備戰，喵喵叫著說：「前一個女人買的五張符全加起來，不超過四萬元啦。」

「嗯？」她回頭望著地瓜，一時還沒反應過來這是什麼意思。

「女人吶。」芋頭遠遠地說：「無論妳買符是爲了傷人還是救人，我們都不干涉，但我們也無意搧風點火，造成不必要的誤會。人與人之間的仇，都是自己造成的。地瓜是要提醒妳，妳朋友買的都是些便宜的符，不會令妳有生命危險，不會令妳有殘疾之虞，那些符的效力，都只有一晚，威力和先前的豬頭符差不多，不管妳要守還是要攻，往這個方向想就對了。」

「我……我明白了……」她稍稍鬆了一口氣，她本來差點就要按下六位數的數字，求一張威力強大的符來迎戰了——

這樣一來，晚宴上的場面將會變得多麼慘烈？

她提出五萬元，轉回自動販賣機前，望了望每張符的標價，再望望地瓜，怯怯地問：「小貓，能不能告訴我，哪張是防禦的符？」

「右邊數來第七格就是了，對對對，就是那張——那是『鏡子符』，不論對方對妳用了什麼符，都會反彈回她身上。」地瓜說：「效用是一個晚上。」

在地瓜提示下，她花了一萬兩千元，買得一張「鏡子符」，用剩餘現金分別買了「放屁符」、「鬼臉符」和「胡說八道符」——放屁符會讓人放一整晚臭屁；鬼臉符可以使人臉部表情不受自己控制，隨機做出奇異表情；胡說八道符則會讓人下意識脫口說出不符社交禮儀的話。

自動販賣機上除了這幾張符，其他符的售價都從六位數起跳，不僅昂貴，似乎還會造成恐怖又殘忍的後果，她不願將戰火延燒到那種程度——

至少目前還沒有那個必要。

□

這場自助式餐宴，賓客們可以自由端著餐盤隨意取用菜餚點心，結識新朋、聯繫舊友。與會賓客除了業界人士及眷屬外，也有主辦單位特別邀請的團體、貴賓甚至是記者們。

她穿著雅緻新裝，拿著高腳杯，在人少的角落低頭獨飲。儘管吧檯上有許多她喜愛的食物，但此時她一點食慾也沒有，戰戰兢兢地注意四周，不知道好姊妹到了沒。

她與她的共同目標——那英俊男人尚未到場。她有點猶豫，為了一個男人，將場面搞成這樣值得嗎？

這念頭像是死纏爛打的蚊蠅不停飛近她，叮咬著她的心。她在進餐廳前，甚至是在家洗澡更衣時，考慮了無數次是否該主動放棄那英俊男人——但即便她願意放棄，今晚餐會她還是得赴約，因為她是公司此專案的業務窗口，得親自與他洽談合作事宜——她的好姊妹也一樣，她倆分別代表不同公司，與男人洽談不同業務。

她其實也不願放棄男人，令她不願放手的緣由似乎不是他的外表，也不是豐厚身家，而是一種不想輸的感覺。

她覺得自己的條件仍然好過好姊妹一點點，豈有強者對弱者投降的道理？反正她退不退，她與她之間早已形同攤牌了，再難看也不過如此。如果好姊妹願意退讓，那麼她也不排斥與她重拾友誼，但如果自己主動認輸，那麼往後她在她面前就永遠也抬不起頭了。

浮現在她腦海的情境，彷彿凝聚成巨大巴掌，將不停飛來勸她放手、勸她認輸的蚊蠅念頭們，全搧飛打遠得無影無蹤。

她按了按斜掛在身上的皮包裡她買的四張符。她的心情忐忑不安，畢竟她們雙方都握有四張價位相當的符，就像是美蘇冷戰時各自持有重軍火，一方開火，另一方當然不會平白捱打。

她望著杯中冷酒，腦袋飛梭閃過曾經看的戰爭電影裡的各種戰術，以及剛剛跑了幾間書店勉強惡補的《孫子兵法》裡的字句。

突然間，她長吸了口氣——

那男人來了。

她調整氣息，端著酒杯往他走去，走了幾步，總覺得有股奇異的不安全感縈繞心頭，彷如是一頭小羚羊獨自走在大草原上，隨時會有獅子衝出咬她一般。

她覺得自己還是太緊張了，便掉頭轉了個方向，往廁所走去，她得補個妝、鎮定一下。

這餐宴會廳寬闊奢華，廁所離這有段距離，她加快腳步，但那股沒來由的不安全感不但沒有遠離，似乎逐漸逼近——

那輕輕的、跟在她身後的高跟鞋腳步聲的頻率，聽起來與好姊妹似乎有點像。

她不知該不該回頭確認，她還沒做好與好姊妹面對面的心理準備，不曉得該對她說些什麼，也不能揪領子搧巴掌責問對方怎能對自己使用豬頭符。因爲自己也對她用了相同的符。

她走入廁所隔間，關上門。腳步聲停在廁所外，沒有跟進來。

她翻開皮包取出四張符，準備使用能將對方一切符術反彈回去的鏡子符——嗯，哪張是鏡子符？

她發現自己犯下一個嚴重的錯誤，她在買符時雖然向地瓜問明了四張符的效力，卻忽略了這四張符外觀上雖然各自不同，但此時她已忘了哪張是哪張——她後悔自己沒有早想到這點，至少可以將四張符摺成不同形狀作爲區別。

此時四張符上密密麻麻、龍飛鳳舞的符籙墨跡看起來全像古怪圖騰，她完全沒辦法辨認哪張是放屁符、哪張是鏡子符……

□

她步出廁所，高揚著頭，展露著過往慣有的優雅與從容，剛剛那猶豫和緊張已不復見，像是終於下定決心。

她笑著走向男人，見到好姊妹早她一步來到男人身邊，宣示主權般輕輕攬著男人的胳臂。

她微微一笑，只是對男人眨了眨眼——比起熱情主動、擅長快速直球的好姊妹，她則擅於神鬼莫測、指東打西的變化球。

她看著好姊妹胸脯偶爾若有似無地擦過男人胳臂，不否認這樣的招數對男人而言具有強大攻擊力——尤其對未經人事的處男有巨大額外攻擊加成。

但以這男人的條件，想必早對美麗的女人如數家珍，如果他們會拜倒在這種膚淺的招數下，通常是當晚那膚淺女人周遭沒有其他強力對手——好比自己。

她覺得眼神比胸部更加勾人，尤其是勾那些經驗豐富、條件優異的男人。對這類男人而言，柔軟的胸部俯拾即是，但一雙充滿吸引力的眼睛卻能激起高手的征服慾和挑戰慾。

適當的距離也是一種武器，她得意地認為這是只會投直球的好姊妹尚未理解的層次。

「哦——我記得妳們有人說過，妳們認識，是好朋友？」男人這麼問。

「是呀。」好姊妹笑著點點頭，對她說：「我之前給他看過我們的合照，他說妳比較美。」

「男人有時會故意貶低喜歡的女生。」她這麼答：「可能他喜歡妳。」

她們笑著互望。她隱隱感到好姊妹的笑容有些僵硬，猜想或許自己此時的笑容也有些不自然，畢竟幾個小時前，她們互相揭穿了對方的拙劣伎倆，多年交情已像粗心的人們炸在地上的智慧型手機螢幕一樣了。

在這當下，則彷如手機主人還未彎下腰將手機拾起的空白時刻。

「是嗎？我那時不是說兩個人都很美嗎？」男人哈哈笑著取出手機，檢視當時與好姊妹的通訊記錄，還不忘補充一句。「不過我還是覺得，心美比較重要。」

「可惜人與人之間，只看得到對方的臉，看不到對方的心。」她覺得自己這回答機智又得體。她瞥見好姊妹臉上閃過一絲不屑，彷彿在對她表示「妳好意思說這種話？」。

是呀，她確實沒資格說這種假惺惺的話，但好姊妹也沒有表示不屑的資格，不是嗎？

「我好像還沒有妳的私人帳號。」男人滑動著手機上的好友名單，望向她。

「是嗎？」她微笑報上自己的帳號，在這一刻她感到有些得意，覺得自己稍稍佔了上風——她知道好姊妹必定死纏爛打邀男人加爲好友，但自己卻是對方主動邀請——還當著好姊妹的面。

「這表示我終於可以跟你開始聊些工作以外的事了嗎？」她笑著問，意識到自己這句話就像對身邊的她宣布，要正式開始與她展開競爭了。

沒差，戰事早已開打了。

她剛剛在廁所裡將四張符全燒了，已橫了心。

反正她倆的情誼已像砸碎還被車輪輾過的手機，送修都划不來了，若能得到男人，就算犧牲二十個好姊妹也不算吃虧。

好姊妹的笑容更加僵硬了，不但僵，似乎還有些扭曲。

她見對方神情有異，暗暗猜想是否自己的鬼臉符生效了？抑或是種相由心生的自然表現？

「哦？」男人哈哈一笑。「妳想聊什麼？」

「我想知道——」她微微側頭想了想，這是個展現自己比好姊妹更具深度、更有智慧的時機，她露出自信的笑容，說：「你做愛時都喜歡用什麼姿勢呀？」

喝！她話一出口就呆住了，男人也呆住了，好姊妹也一呆，然後忍不住噗哧一聲笑了，臉上的神情愈加歪斜古怪。

她摀起嘴巴，瞪向好姊妹。

好姊妹面容扭曲地點點頭，像是對她表示：「是的，妳的胡言亂語，是因爲我的符生效了。」

接著，好姊妹臉上的表情恢復正常，笑著說：「妳問這個做什麼啦？難道妳跟我一樣，也想和張哥瘋狂做愛呀？」

好姊妹這話說完，同樣驚愕地摀上嘴巴，彷彿講出的話連自己也嚇了一跳。

「這是……」男人笑得十分尷尬，一時不知如何接話，但他還是努力維持著風度，說：「妳們約定好了的玩笑話嗎？呃……怎麼了？」

男人訝異地望著兩人的臉，一會兒看向她，一會兒看向好姊妹。

她倆的臉部表情一秒扭曲，下一秒正常，再下一秒扭曲，再下一秒正常——一個扭曲，另一個就正常。

一張又一張扭曲表情，彷如乒乓球，在她倆臉上彈過來又彈過去——

「妳們……身體不舒服嗎？」男人見倆人紛紛捂著臉、背過身，不明白發生了什麼事，然後，突然像見到了救星，他高高揚起手，對著遠處走來的人大聲打起招呼，同時說：「我男朋友來了，眞是剛好，他是醫生——」

「啊？」她倆愕然向男人招呼的方向望去，只見那端大步走來的也是個高大英俊的男人，似乎更高大、還英俊些。

男人招呼來他的醫生男友，兩人互相伸手攬著對方的腰和背。英俊男人向她與好姊妹介紹起自己愛人。

她倆互望一眼，腦袋已經嗡嗡作響，空白成一片。她聽好姊妹說男人沒有女朋友……

嗯，原來有男朋友。

英俊男人簡單介紹完戀人，她倆雖然都覺得應該禮貌地與對方寒暄並自我介紹，但此時卻無人敢開口，似乎都擔心那胡說八道符的效力再次發威——

她又是驚恐又是害怕，她不是燒了張鏡子符嗎？地瓜不是說鏡子符可以將對方的符術彈回嗎？爲什麼……就在她尚未想通時，只覺得下腹一緊，噗地放出一聲又長又響的屁。

她的好姊妹幾乎在同一時刻，也放了一記一模一樣的屁。

兩人的屁像是雙聲道喇叭，又立體又響亮，令英俊男人和醫生男友在剎那間甚至誤以爲有人觸發了什麼警報器。

跟著，她倆的屁聲也像乒乓球，輪流響起，噗噗、噗噗，妳兩聲來我兩聲去。

她倆終於完全明白了——

她們買了一模一樣的四張符，還都燒了。

鏡子符確實有用，能將對方的符力彈回去，但在對方也有鏡子符護身的情況下，彈過去的符力又立刻彈回來——胡說八道符還可以用手捂著嘴巴不開口，但兩張鬼臉符和放屁符的效力似乎難以控制，在兩人身上反彈來反彈去，妳做兩個鬼臉我就放兩個屁，然後換我做兩個鬼臉妳再放兩個屁。

「怎麼回事？今晚食物不乾淨？」醫生男友不解地望著她倆。

「難怪你不告訴我你喜歡用什麼姿勢做愛，原來你都用這種姿勢！」她說完尖叫一聲，驚恐搗起嘴巴——她本來只是想隨口找個理由逃遠，但一開口就會胡說八道，她不敢再多說什麼，迅速轉身逃向廁所。

她的好姊妹哪敢說話，只能緊跟著她。

她倆分別逃入兩間廁所隔間，劈里啪啦地放著屁，大力拍打隔間壁面，對罵起來。「婊子！看妳幹了什麼好事！」「賤貨！妳好意思說我？」

她一面說、一面取出手機，想透過通訊軟體對那男人道歉，說今晚自己生病，精神不佳，她平時很正常的——

「抱歉，剛剛那只是個玩笑，但你要當眞我也不反對；現在我人在女廁，脫得光光囉，好熱好熱，我需要你褲子裡那東西，可以向你男人借用你一晚嗎？或是你將你男人借我一晚也行，再不然……你們一起上好了，我不介意，甚至很喜歡，偷偷告訴你，我什麼都玩過喲……」

「啊！」她按下傳送鍵之後，才驚駭地發現自己竟然送出這麼一段不堪入目的話。

原來胡說八道符對打字也有效。

然後她聽見隔壁廁間傳出好姊妹的怒叫聲，知道對方應該也傳出了嚇死人的訊息。

完蛋了——

說出口的話、送出去的訊息、燒成灰的符、粉碎了的友誼，全都像潑出去的水，再也無法收回。

哭聲、對罵聲，和劈里啪啦的響屁聲，在豪華餐廳的女廁隔間裡此起彼落。

不知情的人，或許以爲有人在女廁烤爆米花烤到吵架了呢。

第九章
好哥兒們

「本日公休？」青年望望木門上的公休告示牌，又望望門邊一張草蓆上的兩隻貓——地瓜和芋頭。

他倆坐在一張張排列得有如魔法陣的符紙圈內顧攤。

「符紙婆婆休息中。」芋頭說：「這裡有些現成的符，隨意看。」

「現成的符……」青年在草蓆前蹲下，東瞧西望地問：「這些是什麼符？」

「謀財、害命、求愛……」芋頭望著青年雙眼。「應有盡有，不過……你知道向婆婆買符的規矩嗎？」

「符紙婆婆，有求必應。」青年望著芋頭。「重點是必然得付出代價。」

「是。」芋頭淡淡地說：「雖然每個人對代價的認知不太一樣。」

「人命很貴、傷天害理很貴……」青年試探地說：「但如果只是讓一個本來就對自己有好感的女孩，更加……」

「更加愛你，讓你擊敗其他競爭者。」芋頭說：「對吧？」

地瓜抬後腳扒扒臉說：「那不就跟早上銀色眼鏡男一樣？」

「對對對……」青年聽芋頭的話，連連點頭，但突然驚問地瓜：「銀色眼鏡男？」

「對呀，個子高高的，跟你差不多高，戴銀色的眼鏡，右眼下有顆痣。」地瓜舉起小爪指著右眼下方。

青年聽地瓜這麼形容，好哥兒們的形象已鮮明地浮現腦中。

他倆高中同校，一起進入同所大學，都是學校裡的風雲人物。兩人課業、運動、外貌甚至於家境、交過的女友數量，都可以排進全校前五。

他還記得自己與對方的交情，是在高中某年，從球場上開始的。

那時幾個校隊學長霸佔著球場接受學弟輪流組隊挑戰，他和他不同班，起初不同隊，但挑戰學長隊兩、三天，大夥兒發現只要他或他上場，學長們打球時就會特別認眞，認眞到會出拐子。

他倆在同學們慫恿下報了同一隊，在眾人矚目下，從開始一直領先到最後一刻——

那場三對三比賽並未打完，惱羞成怒的學長忍不住又出了拐子，導致忍耐許久的學弟紛紛衝上助陣，和三年級學長打成一團。

他和他，事後並未受到學校任何處罰。

因爲他們任何一人的爸爸的地位，便足夠讓校長諂媚地對他們噓寒問暖了。

他們成了同學眼中的最佳拍檔，往後不論是課餘球賽、田徑接力、校外藝文競賽，只要他們聯手，便是得勝保證。

他們除了團隊合作外，也一起打球打電玩，一起聯誼把妹，形影不離。

自然，他們彼此間並非不曾競爭，他們不但喜歡競爭，還都十分好勝，但由於實力接近的關係，這個這次考試小贏幾分，那個下次球賽多拿幾分，再下次電玩你贏我，下下次聯誼把妹我更快得手；每次競爭的差距都極小極小，小到讓他們不覺得自己可以眞正壓倒對方，也不會落後對方太遠——

因此從未傷了和氣。

直到她轉來他們學校。

她和他們過去交往過的女友相比，不僅外貌更高上一個等級，更重要的是她爸爸的地位，比他倆爸爸加起來更高些。

他們和校內其他男同學一樣，幾乎同時對她展開追求，他倆就像馬拉松賽上的頂尖跑者，漸漸將其他競爭者甩脫到幾乎看不見，讓這場萬人馬拉松，很快變成了兩人賽跑。

跑著跑著，兩人開始覺得這次競爭和過去有些不同了。

由於她實在太耀眼，得到她的一方，似乎可以一口氣將兩人在學校裡甚至將來社會上的地位差距，拉大到對方氣喘吁吁也趕不上的地步。

過去未曾出現過的火藥味，漸漸在他們同時現身的場合中蔓延開來。

有時一人投進三球，一人只投進一球，落後的一方，失去了過去的從容，急於想要多投兩球回來；領先的那方，失去了過去的風度，不擇手段也要守住領先的兩分。

或是在團隊合作的會議上、在大夥兒相約出遊的行程討論時，他們開始各持己見，你不讓我、我不讓你。

旁觀的同學們看在眼裡，都明白這樣的爭執不休源自於她；即便如此，他倆從沒有誰說出「是哥兒們就別跟我搶！」這樣的話——這話一旦說出口，就表示自己是弱者，要對方相讓。

今晚這攤河濱烤肉聚會，除了他們社團成員，也會邀請包括她在內的校內同學共同參與，名義上是宣傳社團，實際上大家心知肚明，今晚聚會絕對會成爲他倆爭奪她的主戰場，還是這場戰爭中最關鍵的一場會戰——

她早早宣稱這次連假要登上郵輪進行三天兩夜的家族旅遊，但是單身的她不想在各自有伴的堂姊妹面前輸人輸陣，她也要帶個伴上船。

這意味著今晚過後，作爲追求領先者的他倆之中，有一人極有可能以她男友的名義，登上那艘華美家族郵輪，陪伴富豪家族暢遊海上數日。

另一人當然可以不甘寂寞地找其他女孩瘋玩幾天，但相形之下，更像失敗者的淒涼自慰。

本來並駕齊驅的雙雄，在明日來臨前，將要分出高下。

幾天前，社團成員擠在筆電旁，津津有味地瀏覽某個網路論壇上關於符紙婆婆的傳聞——

符紙婆婆，有求必應。

當時他和他都嗤之以鼻。

但他放學回家想起這件事，仍默默做了些功課，他搜尋到十餘個相關主題、爬過上百則討論文章，對符紙婆婆有了初步認識；他個性謹慎，沒有被「有求必應」四個字蒙住眼睛，而是認眞地研究起有求必應後那相應的「代價」。

似乎很驚人。

他考慮了幾個晚上，終於下定決心，進入那條時光凍結的小巷子，找上符紙婆婆。令他訝異的是，他的好哥兒們也來過了，甚至比他還早就來了。

「能不能告訴我，他買了哪些符？」青年緊張地問。

「照理說，不能。」芋頭說：「事關個人隱私，你也不希望別人知道你向婆婆買了什麼符，對吧？」

「聽說符紙婆婆許多符的效果……滿嚇人的。」青年攤手解釋：「早上來買符的那位同學，很可能是爲了對付我，即使如此，我也沒有權利知道嗎？」

「他沒買對付人的符。」地瓜突然插嘴。「他只買了一張符，六六六六。」

「六六六六？」青年愕然。「什麼意思？」

「錢的意思……」地瓜還沒說完，腦袋捱了芋頭一爪，氣得嚷嚷辯駁說：「我又沒說客人買什麼符，我只說價錢呀！」

「價錢？」青年腦袋轉得頗快。「你是說，他花了六百六十六元只買一張符？是哪張符？」

「這個價錢的符，只有一種。」芋頭瞪著地瓜，指向符圈裡一張符。「桃花符。」

「桃花符……」青年湊近細瞧那張符。「有什麼效果？」

「就像你一開始說的那樣——」芋頭說：「讓本來對你沒感覺的人，開始對你產生些許好感；讓本來喜歡你的人，更加喜歡你——桃花符的效果並不強烈，因為人心跟人命一樣，沒那麼容易買，你要讓仇人死心塌地愛上你、對你百依百順，六百多當然不夠；早上那位同學和你一樣做足功課，知道符紙代價貴起來，拿命都未必賠得起，所以只先買一張。」

「因為呀！」地瓜又插嘴：「他覺得他本來就贏你，再加一張符，只是讓自己小贏變大勝。」

「什麼？」青年被地瓜這話激著，掏出錢包翻錢，突然靈機一動，問：「如果我買兩張桃花符，效果會加倍嗎？」

「會。」芋頭說。

「那我買兩張。」青年抽出兩張千元鈔遞向芋頭。

「你怕輸他？」地瓜問。

「我想大勝。」青年哼了哼說：「我們各用一張，我可能只小贏一點，我想贏多點。」

「桃花符只剩最後一張。」芋頭只取走一張千元鈔，收進小盒裡，還摸出三百三十四元連符一同給他。

青年無奈接過符，準備離去，卻被地瓜叫住。

「如果你要更多桃花符，可以線上購買呀，晚點婆婆開工，可以照訂單寫完還順便替你燒，一樣有效。」

「什麼！還可以上網買？」青年咋舌，地瓜不知何時扒走了他的手機，一雙小爪肉團觸著螢幕點點按按，發出光來。

地瓜將手機交還給青年，說：「符紙ＡＰＰ，我幫你下載好了，打開就能買桃花符，錢會自動從你銀行戶頭裡扣，扣款之後符立刻生效；你不想買，就把程式砍掉，什麼事都沒有。」

青年望著手機上多出的陌生ＡＰＰ圖示，不安地問：「你也幫他裝了這程式？」

「對。」地瓜點點頭。

青年一時無語，向地瓜和芋頭鞠了個躬，轉身離去，還隱隱聽見地瓜的叮嚀——

「想清楚再買喲，點下去立刻扣款生效，生效的符不退款喔。」

他離開小巷，找了個地方燒去桃花符，點開購符ＡＰＰ研究。

這購符程式介面簡潔，還自動替他註冊好帳號，會員資料頁面詳細得令他驚訝，連他出生時辰、身高體重都填得一清二楚。

他進入頁面，上方有行數字，是他銀行戶頭餘額。

餘額下是一塊四乘四共十六格欄位的表格，陳列著十六張符。

十六張符籙全是黃符紅字，外觀差異極小，只能從小小的符紙名稱辨認符種和價錢——

除了八張桃花符外，還有三張梅花符、兩張櫻花符、三張眼花符。

以手機螢幕大小而言，這購買頁面閱讀起來十分吃力，他必須將手機拿得極近，才能勉強看清每張符的說明文字——

桃花符：讓你喜歡的人更喜歡你一分喵

梅花符：讓你的情敵被你喜歡的人扣一分喵

櫻花符：讓你的情敵色迷迷又傻乎乎喵

眼花符：讓你的情敵眼花花看不清楚喵

他從詭異的說明文字裡，猜測梅花符、櫻花符和眼花符，是使情敵扣分、捉弄情敵的符。

他試探地點下桃花符，畫面立即彈出「購買成功」的字樣、同時響起一聲「喵」，他戶頭餘額瞬間少了六百六十六元。

購符程式沒有再次確認的選項，點下立刻購符扣款。

而且，賣出一張桃花符後，剩餘十五張符瞬間打散重新排列，補齊空欄，恢復成十六張，每張符位置都和先前不同。

這令他有些警戒——

購符介面和玩法簡直像益智方塊遊戲，若不謹慎細選，極有可能按錯。

唯一讓他稍稍心安的是這幾種符的價位都僅數百元，並沒有傳聞中必須用命抵償的凶符。

□

夜空雲稀月圓，今晚來河濱公園烤肉的人多達上百組，合計超過千人。

他們社團佔了個好位子，不僅視野佳，距離流動廁所和攤販也近。

他站在烤香腸攤前，排在幾位大叔身後，準備向香腸攤買批調味好的生香腸——群聚在河濱公園烤肉區的攤販們，今晚破例賣熟食也賣生鮮食材，讓客人買去自己烤。今晚前來參加社團烤肉聚會的同學比預期中更多，他和他各自領了幾個社團成員，四處添購食材和烤具，要把這聚會辦得風風光光。

賣香腸的大嬸年近六十，不知是想賣香腸順便尋找第二春或只是單純想招攬更多客人，穿得花枝招展、嘴上口紅濃得像要滴出血來，和幾個買香腸的大叔你一句、我一句地調起情來。

「哎喲，你別看我現在這樣。」香腸大嬸得意洋洋地說：「四十年前想追我的人呀，從淡水河排到濁水溪，又繞回淡水河耶；你們想追我，還要領號碼牌喔。」

一個大叔小學生似地舉手喊「右」，興奮嚷嚷：「我要排第一號！」

另一人馬上接話：「那我排第二號。」

「我排三號！」「四號！」周圍大叔紛紛舉起啤酒罐起鬨。

大夥兒嬉笑地望向青年，問他：「你呢？你排幾號？」

「嗯……」他微笑搖頭。「我買香腸就好……」

「哎喲喂呀你們不要逗小弟弟好不好。」大嬸燦笑說：「人家才幾歲呀，你們讓一下，讓他買香腸啦，我還要做生意耶。」

「來來來，買香腸排這裡，領號碼牌排另一條。」大叔們讓他擠到攤位前，還邊侃說道：「多買點呀！吃香腸補香腸！」「去追年輕妹妹，別跟我們爭美魔女！」

「呀哈哈哈哈！嘴巴真甜，美魔女咧！」大嬸笑得一雙紫色眼影上下顫動、鮮艷紅唇哇哈哈地開開闔闔。他隔著香腸烤架上的裊裊蒸煙望她，想起以前一部魔怪電影裡凶猛姥姥準備享用年輕人的模樣。

他付錢接過一袋香腸，擠過起鬨大叔，來到靜僻處滑起手機。

她傳來訊息，說自己快到了。

他回覆別急慢慢來。

他感到一道視線遠遠射來，抬頭望去，不遠處好哥兒們也提著一袋食材望他。

照理說，他晚一步找上符紙婆婆，好哥兒們不該知道他此時也受符力加持，但他深信，對方應該猜得出他也找上符紙婆婆幫忙，畢竟兩人並肩作戰過許多次，也交手過許多次，他是他的最佳拍檔，也是他最強大的對手。

他身懷兩張桃花符的效力，對方又購入了幾張桃花符呢？有無添購讓自己扣分的符？如果有的話，要以牙還牙，還是追加桃花符填補失分？

就在他猶豫之際，她終於來了。

她一身裙裝低調優雅，走在人群中光芒四射，不時有與她擦身而過的路人回頭望她，甚至跟上搭訕，都被她身邊幾個友人擋開。

他大步往她走去，揚手向她大聲打招呼，好哥兒們同樣朝她走去。

喵喵——

兩聲幾乎同時響起的貓叫提示音，讓他們停下腳步互望對方——他們走向她時，都順手追加了一張桃花符，也都聽見對方那聲貓叫提示音。

他檢視手機，明白即便在靜音狀態，購符成功時的貓叫聲仍會傳入他耳裡。

他發現好哥兒們也在查看手機，然後抬頭望他。

兩人互視，點頭冷笑，正式開戰。

他們走到她身邊，像兩個紳士，一左一右領著她往烤肉區走去，還不時低頭看看手機上的購符介面，追加桃花符替自己加分。

每隔幾秒，就響起一聲貓叫。

突然，好哥兒們身子一晃，兩隻眼睛胡亂旋轉兩、三秒，然後惱怒瞪他，按了按手機。

喵——

他也啊呀一聲，眼前花花亂亂一陣，眼前的她與友人身影變得模糊難辨。

他想起購符程式裡的眼花符——

讓你的情敵眼花花看不清楚喵

「你們怎麼了？」她察覺到兩人舉止古怪。

「沒什麼……」他苦笑，指著距離不遠的烤肉區，柔聲對她說：「妳先過去，位置我們替妳準備好了，我跟他聊兩句。」他望向好哥兒們，伸手指了指另個方向，示意兩人私下談談。

「你們有話好好說……」她見兩人怒目對視，並肩往香腸攤方向走去，一副要攤牌的模樣，雖然有些擔心，卻也莫可奈何。

他們來到香腸攤旁的樹下，正要開口，好哥兒們已經先說：「別用眼花符！」

短短五字沒頭沒尾，但他和他經歷過一次次球賽和電玩，兩人不管是組隊還是對打，早習慣這樣簡潔俐落地交換意見。

他明白好哥兒們的意思——眼花符讓人眼花撩亂，兩人繼續用只是互扯後腿，兩敗俱傷。

「只用桃花符。」他回敬五字——理由一樣，其他扣分符，你扣我我扣你，一樣扯平。

「好。」好哥兒們點點頭。「桃花符一張六百六，林北跟你拚存款。」

「拚就拚。」他同意。

兩人達成臨時協議，回頭往烤肉區走去。

來到她面前。

隔著烤架裊裊蒸煙看她，她看來更美了。

他們開始烤肉，滔滔不絕地你一句、我一句，聊烤肉、聊時事、聊校園生活、聊夢想志業、聊自己長才優點，還不時調侃對方短處。

「你們是好朋友？」

她身旁友人這麼問，不知怎地，她那些友人聲音聽起來都沙啞難聽得像老男人一樣。

「算……是吧。」他和他互望一眼，都覺得這問題聽來刺耳尷尬。

「好朋友還這樣互嗆？」友人喝著啤酒笑問。

「愛上同一個女人，就算親兄弟，也沒得談。」他哈哈大笑。

「幹，小弟弟夠直白，我欣賞你！」友人對他豎起拇指，開了罐啤酒給他。

他接過就喝，豪氣干雲，隱隱瞥見她望向自己的雙眼中，似乎增添了幾分愛意。

喵——

一聲貓叫之後，她視線轉向身旁好哥兒們身上。

「嘖！」他立時也追加桃花符。

漸漸地，她身邊友人都走光了，只剩下她和他們，三人話題愈漸露骨大膽。

他和好哥兒們輪流對她甜言蜜語，不停追加桃花符。

喵喵喵喵喵——他們雙眼不時亂轉，知道對方又錯按到眼花符了。

「你們兩個不會都喜歡我吧？」

「他我不知道，但我眞的喜歡妳。」

「我不是喜歡妳，我是愛妳。」

喵喵喵喵喵——他感到慾火焚身，暗暗猜測可能是櫻花符的效力。

「你們這樣，我很難選。」

「我只能說，我比他更好，我值得妳。」

「誰好誰不好，是用做的，不是用講的。」

喵喵喵喵喵——喵喵喵喵喵——

「這樣好了，等等你們一起來我家，要不要？」

「我們一起……去妳家？」

「三個人？」

「你們害怕呀？沒經驗？不試試看怎麼知道誰更好？」

他雖然覺得她的提議大膽得匪夷所思，但也樂於接受——他快壓不住慾火了，在她的美貌、啤酒和好哥兒們不時按錯的櫻花符效力加持下，他覺得整個人就像座即將爆發的活火山。

他望向好哥兒們，對方情況和他一模一樣。

「好！我們去妳家。」「三人也不錯。」

兩人本來劍拔弩張的情緒，此時已被濃濃色慾淹沒。

他和好哥兒們將再次並肩作戰了。

□

深夜。

公寓二樓某扇窗，窗簾後人影竄動得像武俠電影絕頂高手過招一樣。

地瓜和芋頭佇在樓下罩著帆布的香腸攤車頂，一會兒看看窗簾上激烈皮影戲、一會兒看看月亮。

好半晌，窗後終於平靜下來。

窗戶打開，身披薄衫的香腸嬸探頭出窗，心滿意足地抽著菸。

地瓜仰頭喵喵幾聲，說：「大嬸呀，尾款呢？」

「急什麼？老娘還沒玩完呢！」香腸嬸眼影和鮮艷口紅暈染了整張臉，像是剛經歷一場腥風血雨的激戰。

兩個青年來到窗邊，左右攬著香腸大嬸的腰，神情疲憊而滿足，臉上頸上是滿滿的吻痕和口紅印，他們輕聲問：「寶貝，原來妳抽菸？」「妳在看什麼？那是什麼？怎麼有兩隻狗站在妳家法拉利上？」

「別管那麼多啦。」大嬸說：「你們去廚房替我把那袋香腸拿來，那是欠人家的尾款。」

「好。」他與好哥兒們像忠僕，一個在大嬸花臉上輕輕一吻、一個拍拍大嬸豐臀，一齊跑去廚房找香腸。

「喂。」香腸嬸呼出口煙，對窗外地瓜和芋頭說：「你們這符怪怪耶，我要的是成熟強壯的肌肉猛男耶，怎麼是兩個小伙子呀？」

「妳的艷遇符才幾千元加一袋香腸。」芋頭答：「拐個小伙子剛剛好，另一個是多送的，妳已經賺了。」

「對呀！」地瓜在一旁補充。「妳吃飽了才嫌，不喜歡幹嘛帶人家回家？」

「沒辦法呀，他們一個說愛我、一個說愛死我，我怎麼忍心傷他們的心？」大嬸自返回房間的他們手中接過一大袋香腸，往窗外一拋。

芋頭像人一樣站著，舉起爪子接住袋子，像聖誕老人般將裝滿香腸的鼓脹大袋扛在背上。

「記住艷遇符效力只有一晚，天一亮他們就沒那麼愛妳囉！」地瓜這麼叮囑。

「現在離天亮還早呢！」香腸大嬸呼出口煙、捻熄菸屁股，關上窗拉起簾，攬著兩個青年頸子，左一口、右一口再次享用起他們。

公寓窗簾上又開始演起激情四射的武俠皮影戲。

地瓜和芋頭帶著一大袋香腸，迎著月光往符紙婆婆小巷子方向奔。

「芋頭，婆婆的眼花符好厲害喲，讓人把香腸攤看成法拉利，把大嬸看成校花、把貓看成狗……」

「是呀。」

「花幾萬塊買一晚春夢好像有點貴，但是他們自己要買的，我們已經提醒過他們了。」

「是呀。」

青年和好哥兒們，此時此刻正置身天堂，但天亮符效退去之後，兩人想起漫漫長夜裡的一切時，是會哭會笑，會氣瘋還是嚇尿。

沒有人知道。

第十章
蛇鼠一窩

深夜，老先生倚坐在廚房後門旁一張竹籐小椅裡打盹，懷裡抱著一根擀麵棍和手機，一旁還立著根長竹竿。

小小的廚房裡有張大桌和幾台烤箱，這是間老舊麵包店裡的廚房。老先生已在麵包店裡待了好幾十年，他年輕時是這家麵包店的學徒，然後變成師傅，娶了老闆的女兒，扛下整間麵包店成了老闆，還生了孩子，連孩子也生了孩子。

老先生兩個活潑可愛的小孫女一個八歲、一個十一歲。

此時正值暑假，兩個小孫女沒有睡覺，擠在房間門口竊竊私語，似乎想下樓幫爺爺看門，但爺爺不准她們下樓，要她們在樓上照顧奶奶。

奶奶身體不好，已沉沉入睡，這陣子她每天愁眉不展、時時垂淚。

老先生要小孫女平時多陪奶奶說話、哄她開心，看門的事，自己來就行了。他認爲這是男人的事，而且他一點也不怕那些三不五時上門找麻煩的小伙子們。

他自認雖已上了年紀，但平時胃口好、力氣大，一人揉上幾十塊大麵團、扛一箱箱牛奶及材料都不成問題，頂多流點汗。他覺得現在的年輕小伙子太不中用了，非得三五成群擠在一起才敢囂張吠叫。這幾天守夜時，他都告訴自己，倘若那些臭小子又來搗亂，非得給他們點顏色瞧瞧。

那些傢伙前前後後鬧好幾週了，都是因爲他那不爭氣的兒子在外頭賭錢輸了一屁股，還假造了父母的身分證和簽名向錢莊借錢，負責收帳的人壓根不理老夫妻的解釋，硬要他們替兒子扛下這筆債。

他們說要是老先生還不出錢，就得讓出店面連同樓上住家。這位在市鎮巷弄裡的小小透天老厝，是他們夫妻遮風避雨一輩子的家，要是就這麼讓出去了，老夫妻也不想活了。

他屢次漲紅了臉對收帳的混混們說，他早已與兒子斷絕父子關係，對方卻笑著說他愛怎麼斷就怎麼斷，但該還的還是要還。

他說要拿房子就連他的命一起拿去。

現代法治社會，直接拿人命實在太粗暴了，粗暴得讓混混背後的老闆感到棘手，不過如果間接拿似乎就沒那麼粗暴、沒那麼棘手了。

這些傢伙們似乎懂得不少間接拿命或嚇掉人半條命的方法，尤其目標只是對年邁夫妻和一雙年幼孫女。

例如放蛇、放老鼠、放蟑螂——老先生的麵包店雖然老舊，但在老太太細心管理下，可比一般人家的廚房還要乾淨。但這個把月來，混混們時常趁夜帶著大批蟑螂老鼠過來，將老鼠往廚房抽風扇裡趕，像蟑螂往門縫和水溝蓋裡倒；再差小弟在白天守候，拍下許多蟑螂老鼠在店裡穿梭的照片，放上網路，向衛生局檢舉。

老夫妻不堪其擾，索性拉下鐵門暫時歇業。他們還有些積蓄，足夠供兩個小孫女讀到大學、長大成人了。

混混們見蟑螂老鼠嚇不倒老夫妻，便混入幾條蛇，今天兩條、後天三條。老夫妻都早睡，被人半夜放了蛇，白天醒來就算報警，警察頂多只能替他們逮蛇，但逮不著放蛇的人。

老太太讓蛇嚇出了病，老先生只好親自守夜，他心想要是能拍下對方放蛇的照片，或許可以讓警察勤勞點。

一陣轟隆隆的機車排氣管聲響驚醒了他，他倏地站起，高高舉起擀麵棍——他懷中的手機掉到地上，啪啦一聲，還好只是台舊式手機，沒有高貴卻脆弱的玻璃螢幕可以摔破。

他撿起手機拍了拍，檢視拍照功能，繞去店面透過鐵捲門上的送信口往外望，見店外一群機車轟隆隆地催動引擎，不知怎地，老先生惱火之餘，卻稍稍鬆了口氣——如果今晚對方帶大批人馬狂放噪音，那麼他們就不會放蛇放老鼠了，老先生似乎已經摸清對方過去幾週的路數。

但儘管如此，這群混混們的改裝引擎聲浪大得驚人，甚至聚到門外吃喝嬉鬧，還不時大力碰撞鐵捲門。

「鬧夠了沒有——」老先生再也忍不住，隔著送信口對外大吼：「我太太身體不好，須要休息，你們到底要吵到什麼時候？」

「噓——」帶頭混混手一揚，陣陣引擎聲立刻停下，他湊到送信口前，笑嘻嘻地對老先生說：「你乖乖還錢，我就不吵囉。」

「我……我就這麼多……」老先生報了個數字，那差不多是兩老積蓄的十分之八了。「你再榨也榨不出更多了。」

「誰說的。」帶頭混混說：「我不是說過好幾次了，你還有這間房子呀。」

「這房子不行。」老先生連連搖頭。

「你的黑心麵包店這麼髒，到處都是蟑螂老鼠，還是關門得好。」帶頭混混這麼說。

「蟑螂老鼠都是你們放的！」老先生憤慨大罵，拿起手機對著送信口外拍，卻聽見嘶的一聲，手機鏡頭上瞬間蒙上一片紅霧——帶頭混混反應快，一見送信口後的手機鏡頭，立刻舉起噴漆往裡頭噴。

老先生被噴了一嘴漆，抹著臉跌跌撞撞地後退，聽見門轟隆隆地大響起來，那些混混在外頭笑著大力拍門。

跟著，送信口擁入大批蟑螂，尖叫和爆笑聲此起彼落，外頭的混混邊放蟑螂，邊拿著殺蟲劑亂噴。「殺蟑螂啊！」「我們要維護社區整潔！」「老頭快開門，我們幫你店裡殺蟑螂。」混混們用鐵鍬撬開鐵捲門，將一盒盒蟑螂往裡扔，再拿殺蟲劑往裡頭噴，甚至還往內噴漆。

「住手、住手——」老先生見狀氣得想開門跟他們拚了，但老太太的尖叫聲自樓梯口響起，他回頭，老太太在小孫女攙扶下對著他喊：「別去、別理他們……」

「他們都要拆房子啦！」老先生大叫，聽廚房後門也傳出喀啦啦的聲響，趕去查看，廚房後門已被撬出一個大縫，伸進一個袋口，嘩啦啦地一陣亂抖，撒進一團黑影。

是一條條蛇。

今天這些混混們比先前更加有恃無恐，像是將惡劣往上升了一級——老先生自然不會知道，這些混混們背後那錢莊大哥已事先和管區打好招呼，在某些時刻，會出現令老先生求助無門的神祕空白時刻。

錢莊大哥派出這些小弟，本來眞的就只是收帳，但他很快發現老先生這間老屋比那筆帳值錢多了。他認識一些建商，有些門路，早就想趁機幹票大的，計畫周詳想藉這筆帳吞下這棟透天厝，再藉此換得能買下更多房地產的現金。

老先生壓根不懂這些混混口中的利息算法，其實這些混混自己也不懂，他們如果懂那奇異利息公式，或許都能去學校教書，也不用當個下三濫的錢莊打手了。

總之，混混口裡說出來的數字次次都不一樣，一次比一次多，非要老先生拿屋抵債。

「混蛋、你們這些混蛋——」老先生暴怒跳著，試圖驅趕被扔進廚房的蛇，門縫裡又伸進一個袋口，擁出大量蟑螂老鼠。

廚房亂成一團，蛇躲老先生的腳，老鼠躲蛇，蟑螂躲老鼠，老先生爲了閃避一條撲向他小腿的蛇，拐了一下，一跛一跛地往外退，被兩個小孫女即時攙著，退出廚房。

「爺爺，再忍耐一下！」大孫女拉著老先生往樓上退，小孫女在一旁嚷嚷，「我們已經燒符了，地瓜答應會來保護我們，芋頭說婆婆喜歡吃我們的紅豆麵包！」

「什麼符？什麼地瓜芋頭？」老先生聽得一頭霧水，覺得拐傷的腳疼極了，一手挽著孫女，一手攙著老太太，緩緩退上樓。

幾聲啪嚓伴隨著一陣閃爍，客廳的小夜燈和廚房的燈同時滅了。

屋外響起陣陣慘號，是那些收帳混混們的慘叫聲。

「什麼東西咬我！」「好痛！」「這哪來的野貓好凶啊！」「哇！你蟑螂撒我一身啊！」

老先生退上二樓，聽見外頭躁動，忍不住湊到窗邊往外瞧。外頭街燈不知怎地全滅了，街上的混混們尖叫騷動起來，有的拚命拍打頭臉，被蟑螂爬滿全身；有的試圖發動機車，卻讓老鼠鑽進褲管亂咬——

「這些老鼠發瘋啦！」

老先生隱約聽出四周有一聲聲奇異鞭響，似乎從廚房後門那端的防火巷發出。

「他們來了！地瓜跟芋頭來幫忙抓老鼠了！」小孫女雀躍跳著，揚起一雙小拳頭歡呼嚷嚷；大孫女則站在樓梯口，對著漆黑的店面和廚房方向喊：「地瓜、芋頭，不用擔心我們，爺爺奶奶都退上樓了！」

「妳們在對誰說話？」老先生不解地問。

「她們白天向符紙婆婆求符去了……」老太太拉著老先生，不讓他再下樓去與混混們爭執，喃喃地說：「她們說，那是一個很厲害的老婆婆，年紀或許比我們爺爺奶奶的爺爺奶奶都還要大……」

「符紙婆婆，有求必應！」小孫女像在呼喊偶像口號般吆喝著。

「而且符要用買的喲！」大孫女補充：「婆婆不平白替人寫符。」

「妳們……向一個老婆婆買符？妳們花了多少錢買符？」老先生狐疑地問：「妳們哪來的錢？」

「我們花了一堆紅豆麵包！」孫女們嘰哩呱啦地述說起事件經過——

兩天前老夫妻決定暫時拉下鐵門歇業，在店裡整理剩餘麵包，一部分留著自己食用，一部分分送鄰居；孫女們當時受命帶著兩大袋麵包送往鄰近的育幼院，作爲院童的點心。

但育幼院院長聽說過麵包店近日糾紛，似乎擔心麵包受蟑螂老鼠污染，害院童吃出問題，難以善後，便委婉拒絕了老夫妻的心意。

女孩們提著送不出去的麵包，憂愁地走在巷弄，她們知道爺爺奶奶當然不會怪她們沒能完成任務，反而擔心老人家們會難過親手做的麵包連免費送也沒人要吃。

她們各自提著一袋麵包蹲在小巷裡，一人取出一個紅豆麵包吃了起來，眼淚撲撲落下。妹妹說爺爺的麵包明明這麼好吃，爲什麼沒人要吃，姊姊說全怪那些壞人在店裡放蟑螂放老鼠。

她們吃了一會兒也哭了一會兒，擦了擦臉起身準備要走，卻見到一隻土黃色小貓不知何時攀在妹妹那袋麵包上，瞇著眼睛聞嗅袋口，肚子咕嚕嚕地叫個不停。

「嘩！是小貓咪耶，小貓咪肚子餓，想吃麵包！」小孫女驚喜尖叫，連忙打開袋子，取出一個麵包，湊向小貓。

「喂，貓不能吃人吃的東西啦！」大孫女年長幾歲，聽同學說過家中老貓的飲食習慣，便想阻止妹妹拿紅豆麵包餵小貓。

「我不是普通的貓，我要吃——」小貓不顧姊姊阻止，從妹妹手中搶下麵包再躍落地，伸長了後腳似人般站直，用前爪抱著麵包大啃起來，吃得喵喵作響。「我叫地瓜。」

「喝！」兩姊妹聽地瓜竟開口說話，嚇得退開好遠，目瞪口呆地盯著他。地瓜三兩口就將麵包吃盡，還不停舔著爪子，一雙眼睛閃亮亮地盯著她們手中的麵包。

「爲什麼……你會說話？」姊姊害怕地問，妹妹又從袋裡抓出一個麵包，顫抖地遞向走來的地瓜。「你……還想吃嗎？」

「因爲我不是普通的貓呀，我是隻會說話的貓。」地瓜這麼說，再次叼下妹妹遞給他的麵包，呼嚕嚕地吃著，不時抬頭問。「爲什麼妳們在哭？」

「因爲……」兩姊妹互看一眼，姊姊還有些猶豫，妹妹已經將爸爸欠債、錢莊爲了討債派人來放蟑螂老鼠甚至是蛇的經過，亂七八糟講了一輪。

地瓜一面聽，一面目不轉睛地盯著姊妹倆手中的麵包，又接下一個，邊吃邊點頭，然後提出了一個問題——

「那爲什麼……妳們家的麵包店，被人放了蟑螂老鼠之後，妳們爺爺奶奶就不賣麵包啦？」地瓜歪著頭問。

「因爲客人討厭蟑螂老鼠。」姊姊這麼回答。

「對喔，我都忘了人類討厭蟑螂老鼠……」地瓜喵喵一笑，說：「吃了三個紅豆麵包，好甜呀，如果有點蟑螂老鼠配著吃那有多好……」他轉身走開幾步，又回頭對小姊妹說：「跟我來吧，我帶妳們去見婆婆。」

「婆婆？」小姊妹有些猶豫，卻見四周小巷似乎和她們原本佇身之處有些不一樣——幾片落葉像放慢了千倍速度在空中緩緩飄動，空氣中瀰漫一股說不上香，卻也不難聞的神祕氣味。

「是呀。」地瓜說：「我不能白吃妳們的麵包，我可以幫妳們抓老鼠，不過得先向婆婆打聲招呼。來吧，芋頭和婆婆應該也會喜歡妳們的麵包喲——」

小姊妹聽地瓜說能幫忙抓老鼠，便跟著地瓜往巷弄深處走，來到了符紙婆婆的小門前。

符紙婆婆十分喜歡她們帶來的麵包，一手抓著一個，左一口、右一口吃得瞇起眼睛噫噫呀呀笑；就連一向冷傲的芋頭也吃了兩個，吃完還罕見地在外人面前舔起爪子。

□

「那……妳說的貓在哪兒？」老先生倚在窗邊，聽小姊妹述說碰上地瓜的經過，一時也難辨真假，但樓下那些混混們卻當真東倒西歪、哀號逃遠。

後頭還有隻小貓緊追不捨，瘋狗似地追擊他們的機車，或者說，更像在追咬混混們逃走時落下的蟑螂和老鼠。

「啊！地瓜！」小孫女踮著腳在窗邊尖叫。

地瓜遠遠地回頭，兩頰像藏滿瓜子的倉鼠般鼓起，連小腹也渾圓鼓脹許多。

芋頭從防火巷方向躍出與地瓜會合，他肚子更鼓，塞滿東西，嘴角還掛著一條蛇尾巴。

「妳……不用……擔心……」地瓜一開口，小嘴巴就溜出幾隻蟑螂，他爪子飛快，唰地又將蟑螂全塞回嘴裡。「婆婆要我們……保護這間麵包店，記得以後要定時……交保護費呀，下次我想要奶油口味的……」

地瓜還沒說完，就讓芋頭拍了一下屁股，他循著芋頭爪子望去，見帶頭混混的機車已經彎出巷子，立刻拔腿追去。

他們的動作快得像風，甚至比風更快，唰地一左一右，追到機車兩旁。

帶頭混混驚慌駕車，後座小弟尖叫起來。「大哥！那兩隻貓緊追不放呀！」

「那到底是什麼貓這麼可怕？」「我怎麼知道！」

帶頭混混腦袋一片混亂，他帶人來找碴，放了一堆蟑螂老鼠，但那蟑螂老鼠卻突然像遭受恐嚇般反咬他們，瘋狂往他們身上爬，兩隻不知哪兒冒出來的貓，凶惡得如同縮小了的虎豹一樣瘋狂攻擊他們，且竟然跑得比機車還快，緊追不放，簡直就是惡夢——

下一刻，比惡夢更誇張的情景在他眼前發生——

芋頭衝到了機車前方，一個轉身，用後足站立，舉起兩隻前爪往前輪按去。

正常情況下，機車應該會直接輾過去。

又倘若芋頭不是貓，而是塊大石之類的硬物，機車可能會轟隆隆地翻覆滾飛。

但兩種情形都沒有發生，時間像凍結一般，機車的前輪一碰到芋頭的爪子便靜止不動，後輪則緩緩高抬浮空，帶頭混混長髮緩慢飛揚，眼睜睜地看著自己連人帶車騰上半空。

一切都像是慢動作，極慢極慢的慢動作。

只有地瓜和芋頭仍維持著正常速度，甚至比正常速度還快了些。

芋頭抓著機車猛力一甩，將車上兩個混混甩進一旁的陰暗死巷裡，再優雅地將機車擺在巷口。

地瓜在一旁幫機車立起中柱，隨後跳上車將機車熄火，再順手折斷鑰匙讓半截鑰匙留在鑰匙孔裡，接著他拗斷後照鏡、扭彎把手、扒裂儀表板、抓花椅墊、弄破兩個輪胎，最後把那吵死人的改造噪音排氣管整截拔下插在破椅墊上。

當芋頭和地瓜追進巷子時，兩個混混還緩慢地在空中轉，朝著巷尾壁面飛撞而去。

芋頭和地瓜躍上他們的身子，拍拍扒扒地調整他們落地的方向和姿勢。

然後，時間恢復正常流動。

轟！兩人撞入紙箱雜物堆裡。

帶頭混混和小弟瞬間感到身體各處發出的劇痛。儘管兩隻貓已經替他們調整了落地位置和姿勢，避開了撞擊要害，但仍令他們撞斷了胳臂扭傷了腳。

但他們還沒來得及哀號出聲，時間再次凍結，芋頭和地瓜分別攀上兩人胸口，湊近他們的臉開始恐嚇。

「我告訴你，別再惹那家人，聽到沒有？」芋頭冷冷地瞪著帶頭混混。

「我……你……貓……」帶頭混混似乎想說什麼，但他在時間凝結的情況下，嘴巴動得極慢，巨大的驚恐使他連自己要說什麼都還沒想到。

「你想問我們究竟是什麼貓對吧？」芋頭可沒耐心聽他說話，自顧自地說：「你不須要知道那麼多，你只要知道，那間麵包店有我們罩，你下次再來鬧，我們絕對加倍奉還，今晚只是小菜一碟——」

芋頭說到這裡，將鼓脹脹的臉湊向帶頭混混，對他露出一個古怪表情，貓嘴裡露出一條蛇尾巴。

「唔！」帶頭混混見芋頭嘴巴貼來，駭然之餘感到嘴裡被塞進一條冰冷冷的怪東西，在他嘴裡蠕動，爬入喉嚨，往胃裡鑽。他驚恐痛苦之下，嚇得眼淚鼻涕炸了一臉，還尿濕一褲子。

他痛苦掙扎，餘光瞥見身旁小弟觸電般抖著，同樣被地瓜捧著臉、嘴貼著嘴，地瓜本來鼓脹的小腹正緩緩縮小，小弟的嘴則慢慢鼓脹，不時還溜出兩隻蟑螂，又被地瓜扒回往嘴裡塞。

他兩眼一翻，嚇得暈了。

□

帶頭混混再次睜開眼睛時，已是翌日白晝。早晨一場冰冷的雨水打醒了他。

他捧著劇痛的斷骨胳臂掙扎起身，踢醒身旁小弟，兩人一跛一跛逃出巷子，牽著被地瓜弄得破破爛爛的機車奔逃老遠。

他們上醫院包紮了斷手，找齊昨晚四散的夥伴，驚恐地向錢莊大哥求援。

錢莊大哥並未苛責這些小弟，他似乎已先從逃得較快的人口中，稍微弄清事情經過——那間麵包店似乎受到某種神祕力量保護。

「你們別怕，我們也有幫手。」他拍了拍帶頭混混的肩，將一個裝有鈔票的信封塞入他口袋作為犒賞。

幾個混混本來聽大哥要他們再接再厲，都驚恐慌張，但接下鼓脹脹的信封，心中的驚懼便消散了幾分，又聽說己方也有厲害幫手，便好奇地想知道是誰。

他們的目光都投向大哥身後一高一矮的陌生傢伙身上。

他們模樣古怪，高的有雙細長眼睛，臉上有些不明顯的鱗片狀斑紋；矮的兩隻眼圓圓小小的，嘴巴像有齙牙，向外突出。

「來來來，跟你們介紹一下蛇鼠兄弟。」大哥朝兩個怪人點了點頭，向手下們吹噓起自己結識他們的經過——

他在前幾天某場熱炒聚會上，拍著胸脯向熟識建商保證，自己很快就會接收一棟透天老厝時，建商卻遊說他最好連周邊整條街都拿下來。

原來建商老闆早已看上那條街，卻還在考慮如何取得所有權，又不破壞公司形象，既然有人想動手，那就借他的刀，等對方得手後再向他買，或用合夥人的名義共同開發。

錢莊大哥聽了建商老闆開出的價碼以及合作計畫，心癢難耐極了。

但現在可是法治社會，這麼多私有地產怎麼說拿就拿呢？他雖然空有一身幹大壞事的意志力，但卻沒有幹大壞事的實力。收買小管區、騷擾老夫妻已是他力量展現的極限，要他一口氣吞下整條街，還沒那本事。

當時建商只是神祕兮兮地給他一張名片，稱名片上的高人有本事幫他。

錢莊大哥依著名片找著了高人，是一對兄弟。

他們一高一矮，一個長得像蛇、一個生得似鼠，兩兄弟幹的勾當其實與錢莊大哥這些小弟也差不多——

拿錢，辦事。

錢大多是髒錢，事幾乎都是髒事。

錢莊大哥倒是一點也不覺得髒，只覺得他們和自己臭味相投，簡直好極了。

「大哥……這蛇大哥、鼠大哥，要怎麼幫我們？」帶頭混混想起昨晚昏迷前的經過，還餘悸猶存。「對方會妖術呀……那兩隻貓好厲害，跑得比車還快，力氣好大……」

「在你們眼裡或許厲害，但在我們兄弟眼裡——」鼠怪人說到這裡，頓了頓，蛇怪人接著說：「不過只是些破爛幻術而已。」

「對。」大哥拍了拍帶頭混混的肩，又說：「今晚大家再跑一趟。」

「什……什麼，今晚還要去！」帶頭混混與小弟們面面相覷，都有些不情願。昨夜與帶頭混混一同飛出車的小弟說：「大哥，我們才剛剛打了石膏耶……」

「怕什麼！」大哥瞪大雙眼，喝道：「我御駕親征，陪你們一起去。有我在，你還怕？」

他說到這，哼哼地握拳往桌上一搥，說：「怕死的可以別去，不過以後也別跟我了！我跟董仔已經談好了，先拿下那間麵包店，然後一間一間吃。蛇鼠兄弟的本事我是見識過了，有他們幫忙，別說那條街，整個小鎮全吃下來都不是問題——嘿嘿嘿，大哥說過會帶你們發達，現在大家有這機會了，不拚一拚嗎？」

□

夕陽下山的時候，天上的雲彩五色斑斕，將小姊妹們的臉蛋映得金亮橙紅。小姊妹拉著菜籃車，剛步出超市準備返家——

老先生在地瓜和芋頭安全保證下，一心想盡快重新開幕營業，但他腳嚴重扭傷，還得休息幾天，只得窩在店裡研發新麵包，讓孫女出門替他買些日常用品和蔬果。

小姊妹拉著菜籃車，跟著前方領路的小貓往回走。

小貓體形比地瓜還小了些，腦袋昂得極高、尾巴也翹得老高，像個路隊長般得意洋洋。

「咪——」小貓突然尖叫了一聲，在路中央停下。

小姊妹見小貓停住，也跟著停下。她們都見到巷弄遠處路口瀰漫起淡淡的霧氣，青森森地顯得詭譎。

小貓頭一轉，繞進一旁的防火巷裡。

小姊妹也跟了過去。這條小巷能通往麵包店，但得多繞些路。

小貓在前方領路，不時前後張望，神態沒有先前得意，顯得有些警戒。他再度停下腳步，一雙眼睛骨碌碌地盯著防火巷出口，那兒也瀰漫起一團青森霧氣。

小貓再次轉向，領著小姊妹後退，轉進一條更小的窄巷。

小姊妹惴惴不安地跟著小貓，她們對於自家附近這些錯綜複雜的小巷瞭如指掌，因為常常與鄰居孩子在附近玩捉迷藏，她們即便蒙著眼睛也能找出回家的路。但不知怎地，她們此時覺得眼前小巷有些陌生，有股奇怪的氣息四面八方往她們包圍覆來。

在小貓領路下，她們穿過了小巷，轉入了大巷，又繞進小巷。姊姊偶爾轉頭四顧，確認自家麵包店的方位，她雖然對小貓領路的方向感到有些困惑，但隱約知道小貓的目的——他在躲避那些青森霧氣。

「姊姊、姊姊……」妹妹被逐漸逼近的詭譎氛圍嚇得哭了，拉著姊姊的袖子直發抖。姊姊回頭，身後小巷傳出細微窸窸窣窣的聲音。

一個矮小鬼祟的怪男人笑咪咪地自巷後繞出，他的腳下跟著大群老鼠，老鼠中還混雜著蟑螂、蜈蚣、蜘蛛等昆蟲和節肢動物。

這矮小男人，便是那鼠怪人。

他穿著寬大袍子，手一抖，袖口就撒出更多老鼠蟑螂，猶如玩弄沙包般拋著幾隻老鼠，嘻嘻笑地追著小姊妹。「別怕、別怕呀，我帶妳們回家去見爺爺奶奶呀。」

「呀——」小姊妹尖叫逃跑，姊姊小腿爬上一隻蟑螂，嚇得往前撲倒，跌破了膝蓋。妹妹急忙拉起姊姊要逃，但鼠怪人奔得飛快，一下子就奔到她們面前，伸手要摸小姊妹的頭。

他的手上還攀著一隻老鼠、兩隻蟑螂。

「咪嗚——」小貓像是野虎般躍過了小姊妹的身子，咬住鼠怪人的手掌不放。

「哎呀，好凶的小畜生！」鼠怪人連連甩手，終於將那小貓甩下地，還踢了他一腳。

小貓一跛一跛地攔在小姊妹身前，保護著她們。

「小畜生，現在太陽才剛下山，還沒到晚餐時間，你想催我們提早吃晚飯呀？」鼠怪人盯著身前攔路的小貓，嘻嘻笑地說：「行吶。」

他說到這裡，抖了抖手，身後大批老鼠蟑螂擁向巴掌大的小貓。

「咪嗚——」小貓高高站起，揚起一雙比成人手指還細的爪子，左右揮扒，阻止蟑螂老鼠逼近，但他的身子太小，很快就被團團淹沒，堆覆成一座小塔。

「小貓咪——」小姊妹本來想逃，見小貓被困住，急得衝上前去。妹妹尖叫著踩踏四周蟑螂，姊姊伸手往老鼠蟑螂小塔裡一抓，一把拉出小貓。

蟑螂老鼠循著她們的雙腿往身上爬，嚇得小姊妹又要跌倒。

啪！一聲劇烈鞭響如雷劈來，震得四周牆面和小姊妹身上的蟑螂老鼠全嚇得摔落下地。

鼠怪人瞇起眼睛，後退幾步，望向她們後方。

小姊妹抱著負傷小貓回頭，身後小巷深處殺氣騰騰，走出大群軍隊戰士般的剽悍野貓。帶頭小貓正是地瓜。

「你這老鼠怪哪冒出來的？」地瓜邊走邊罵：「你敢攻擊婆婆的貓？你不要命了？」

「什麼婆婆，不過就是條老貓怪……」鼠怪人哼哼地說，抖了抖袖子，撒出更多蟑螂老鼠蜘蛛蜈蚣，彎腰對著腳下蟲鼠下令。「別怕那些臭貓，快綁了小女孩帶走。」

鼠怪人腳下那些蟲鼠聽了命令，唰地如同海浪般追去，嚇得小姊妹拔腿就逃。

啪——又是一聲鞭響，撲近小姊妹的蟲浪鼠海再次被震垮。鼠怪人抬起頭來，一旁牆頭上，站著一隻紫灰色大貓——芋頭。

那如雷劈般的鞭響，便是芋頭尾巴鞭在牆面上的聲音。

防火巷兩側矮牆後，躍起一隻隻大貓小貓，或攀或站躍上牆沿，居高臨下盯著鼠怪人。

「開飯了嗎？開飯了嗎？剛剛是哪隻髒東西說要提早開飯的？」地瓜走向奔來的小姊妹，一面盯視前方的鼠怪人。「是不是你呀！」

「不……不是呀！我有說過那種話嗎？我什麼時候說了？你聽錯了吧。」鼠怪人賊兮兮地後退一步，再後退一步。他腳下那些蟑螂老鼠屢次重新結成陣勢往前衝鋒，都被芋頭尾巴鞭聲震散，嘩啦啦地四散潰逃。

「我聽錯？」地瓜先攀上妹妹肩頭，揚起小爪子抹去她臉上眼淚，再躍入姊姊懷中，拍拍她跌倒時弄髒的衣袖，然後從她手中叼走負傷小貓落地。

負傷小貓搖搖晃晃地站起，抖抖爪子，舔舔被老鼠咬出的幾處傷口，站在地瓜身旁豎起尾巴，像個小勇士般擺出架勢，準備好了要打第二回合——

但他隨即被跟在地瓜身後幾隻大貓叼起往後扔進貓堆裡。

大隊貓戰士走過小姊妹腿邊，不時扭頭用腦袋蹭蹭她們，逗得小妹妹終於止住哭泣，笑了起來。

「幹嘛、你們想幹嘛——」鼠怪人大力抖袖，甩出更多蟑螂老鼠，在身前身後堆成一圈圍牆，將自己守得密不透風。

「想吃晚餐呀！」地瓜喵嗚一聲，身後貓兒倏倏出動，彷如出戰獅群，同時，兩側牆緣上的貓兒也紛紛躍下，撲進鼠怪人那圈老鼠牆中。

鼠怪人哇地大叫，急匆匆甩動大袖子驅趕貓群。

一道紫灰色大影從天撲下。芋頭落在鼠怪人臉上，嘩地張開大嘴，一口將那張鼠臉咬缺了一大塊。

鼠怪人此時看來像卡通人物般，鼠臉少了一大塊，竟仍能張口呼救，伸手拍打芋頭，芋頭的動作快如閃電，倏地避開鼠怪人揮袖，在兩側牆上彈蹦幾下，再竄近鼠怪人腿邊，唰地又咬去他一大塊膝蓋。

「好難吃啊，這什麼臭鼠啊！」地瓜在蟑螂老鼠群中殺進殺出，吞下一隻隻蟲鼠，喵嗚喵嗚地抱怨著。

百來隻貓群四面撲殺蟑螂老鼠，在癱軟倒地的鼠怪人身上蹦蹦跳跳、亂扒亂啃。

鼠怪人被啃得稀爛，手斷腳裂，一張嘴卻仍嚷嚷喊個不停，一會兒求饒、一會兒唾罵，跟著像是力氣耗盡，不再說話。

過了一會兒，鼠怪人精神抖擻地又開始說話了。「晚餐吃飽了嗎？」

「還很餓。」芋頭見他還能說話，飛速竄過他身子，一口將他胸口也咬下一大塊。

「那多吃點喲。」鼠怪人話更多了。「小貓，你呢？你吃飽了嗎？」

「……」地瓜揮爪拍打四周蟑螂老鼠，他的肚子鼓脹，有些不太舒服。

貓群從剛剛到現在衝殺獵食了好一陣，殺得大批蟑螂老鼠潰敗竄逃，但四周奔竄的蟲鼠似乎沒有減少多少。

貓都吃撐了，不再揮爪狩獵，有些停下動作，有些搖搖晃晃，甚至有些癱軟倒地。

芋頭搖搖晃晃，也癱倒躺下。

「臭老鼠怪——」地瓜終於發現情況有些古怪。「你這些蟑螂老鼠有毒啊！」

「是呀。」鼠怪人唰地坐了起來，破破爛爛的身體上某處破口，鑽出一隻灰毛紅眼的小老鼠，吱吱喳喳地對著地瓜說：「貓咪，你們吃撐了才發現自己中計啦？反應太慢了吧。」

他還沒說完，癱倒在地的芋頭猛然撲來，轟隆撞散鼠怪人的身體，卻沒咬中那隻灰毛紅眼鼠。芋頭搖搖晃晃走了兩步，往前撲倒，再也起不來了。

「別急、別急！」灰毛鼠以後足站起，舉著小爪子指揮蟑螂老鼠將一隻隻大貓高舉起來，彷若行軍蟻般扛著貓往小巷一端走。

灰毛鼠越走身子越大，又變回了先前那鼠怪人的模樣。

他走到小姊妹前，搓著手望向嚇傻的兩人，笑嘻嘻地說：「小妹妹，別怕別怕，我不會傷害妳們，我只是要帶妳們回家，要妳們爺爺簽個名，讓出麵包店而已——」

「嗚……貓咪……地瓜……芋頭……」小姊妹本來在群貓護衛下興奮替貓咪們加油，但見貓兒轉眼間全中毒倒下，前後左右又被蟑螂老鼠圍住，進退無路，可嚇得六神無主，只能嗚嗚哭泣起來。

鼠怪人伸手牽住了她們往巷外走，小姊妹抗拒掙扎，卻覺得鼠怪人力氣奇大無比，怎麼也甩脫不開，只能尖叫哭號地對偶爾路過的人求救——但鼠怪人身邊籠罩著那團青森風霧，彷彿阻隔了她們與外界的一切。

一個個走過她們身邊的大人小孩，不但看不見她們的處境，也聽不見呼救聲。

鼠怪人牽著小姊妹，領著成千上萬的蟑螂老鼠，將一隻隻中毒貓兒高高舉著，往麵包店方向走，狀似一隊戰勝的螞蟻，將獵物運回老巢。

□

麵包店內漆黑昏暗。

地上滑溜溜地鋪了滿滿的蛇。

一條條蛇從店門口糾纏到廚房後門，十來名錢莊小弟踩在蛇堆裡，任蛇滑過他們腳踝、摩挲著他們的腳底板也不敢多吭一聲。

老先生和老太太被五花大綁在櫃檯後方椅子上，兩人嘴巴都被膠帶貼死。

錢莊大哥和蛇怪人則站在櫃檯前泡茶閒聊。

「蛇大哥，我……我沒聽清楚，你說這筆生意，你抽成多少？」錢莊大哥搓著手，似是不敢置信自己的耳朵。

「一半。」蛇怪人咧開嘴，他臉上常常露出笑容，但卻不像在笑，反而像是想吞人。「你擁有的一切的一半。」

「一半……我聽得懂，就是五成嘛，呵呵……」錢莊大哥吸了口氣。「但前面那句……

『擁有的一切』的一半，這範圍怎麼認定呀？」

「你別想得太複雜，其實很簡單——」蛇怪人仍維持著那張不像是笑臉的笑臉，說：「我說了算。」

錢莊大哥還想細問，就聽見廚房方向傳來一陣細碎聲響——鼠怪人牽著小姊妹，指揮著群鼠將百來隻大貓小貓全運回麵包店。

「唔唔！」兩老見孫女被鼠怪人牽著，手腕胳臂有大片瘀青，都又氣又急地掙扎起來。

「蛇老哥，談得怎麼樣了？」鼠怪人興沖沖地牽著小姊妹來到蛇怪人面前，見錢莊大哥臉色有異，好奇地問：「你有什麼問題嗎？」

「他好像不是很清楚我們的收費方式。」蛇怪人調侃。

「蛇老哥，你沒跟他們說嗎？」鼠怪人呵呵笑了起來——他瞅著錢莊大哥笑時，就真的像是在笑了，笑意滿滿地活似將人生吞活剝後，露出來那種心滿意足的模樣。

「我有說呀。」蛇怪人看著鼠怪人，兩人有志一同地說：「我們說了算。」

「兩位大哥……」錢莊大哥搓著手。「小弟我真的不太懂，你們說了算的意思是……我們接收這間麵包店轉手讓董仔改建，會拿到一筆錢，你們要一半，這沒問題，那之後——」

「之後我們也會幫你拿下其他地、其他房子，都賣給你的董仔，我們當然也拿一半吶。」鼠怪人說。「不然你要是自己有本事，自己搶地賣給董仔不就全拿了，何必分我們一半。」

「是是是，這當然沒問題……」錢莊大哥堆著笑臉，心中仍然有些狐疑，但地板一條條蛇還蹭著他的腳，他也不敢多問，從口袋裡取出不動產讓渡書時，手還微微有些顫抖。

「那……」昨晚坐在後座的小弟，忍不住湊在帶頭混混耳旁，低聲說：「那董仔幹嘛不直接跟蛇鼠兄弟合作就好了，只要付一半吶，幹嘛特地告訴大哥這好康……」

「小弟弟，你悄悄話講得這麼大聲，全部人都聽見了。」鼠怪人轉頭望向他。

帶頭混混頂了小弟一肘，怒叱：「大哥們在說話你插什麼嘴？」

「你們這麼笨，怪不得只能做這種笨蛋事！」地瓜突然喵喵叫了起來：「錢哪這麼容易賺，你當這些蛇怪鼠怪吃撐了沒事做幫你撈錢讓你風光呀！要付出代價的！你們完蛋了——」

「小貓咪，你怎麼這麼說。」鼠怪人在地瓜面前蹲下，一把將他提起，直勾勾盯著他。

「幹嘛？你想吃我呀？」地瓜全身發麻、四肢無力，只剩一張嘴不服輸。

「想呀。」鼠怪人嘴巴大大咧開，將地瓜拎到嘴邊——剛剛那灰毛鼠從他嘴裡鑽出，舉著一雙小爪子抓著地瓜臉頰捏捏揉揉，說：「可是我很挑食，你這小貓咪又髒又臭又中毒——等我帶你回去，先剝皮、再汆燙，接著看是要大火快炒還是熬湯。」他說到這裡，環視四周百來隻動彈不得的貓兒，嘻嘻笑地說：「這麼多貓，可以讓我們吃上很久呢。」

「吃啊，你儘管吃，就算你把我們通通吃下肚，婆婆也會找出你們。」地瓜哼哼地說：「剖開你們肚子，把我們救出來，拼拼湊湊拼回原狀。」

「你少吹牛。」灰毛鼠哈哈大笑：「我才不信那老太婆有這種道行，她不過就是隻老貓妖罷了。」

「不信你就試看看呀。」地瓜還沒說完，另一邊蛇怪人二話不說拎起幾隻貓，一口一個全吞進了肚子裡——他嘴巴張開時，口裡還有張蛇嘴。

「幹嘛停？繼續呀！才吃幾隻就飽啦？」地瓜見蛇怪人吞了三、四隻貓之後停下動作，便望著他，說：「你食量這麼小？」

「你這臭貓嘴巴怎麼這麼討厭？我們又不是大胃王，一餐吃多少你也要管？」灰毛鼠見地瓜一張嘴怎麼也不示弱，氣得動爪拔他鬍子扯他毛。

「別拖拖拉拉了，辦正事吧。」蛇怪人甩出分岔蛇信，舔了舔嘴，望向錢莊大哥。

錢莊大哥及一干小弟見蛇怪人一口就能吞下一隻貓，口中還隱隱透出血氣，都不敢再有意見，顫抖地將不動產讓渡書擺在老先生前，逼他簽字。

「老頭，你也看到囉，你如果想孫女們平平安安，就快簽名吧——不然接著被吞下肚子裡的可能不一定是貓囉。」

「……」老先生當然只能點頭，讓帶頭混混解開綁著他的繩子，顫抖地握著筆，藉由小弟手機照明，在那紙契約上簽下名字、按了手印。

錢莊大哥檢視半晌，收起契約，轉身卻見到蛇鼠怪人倆昂著頭、瞇著眼，像聞嗅到了什麼氣味。

「是不是老貓妖來啦？」灰毛鼠縮回鼠怪人體內，提著地瓜搖搖晃晃地問：「她來啦？」

「沒有喔，可能是你太敏感了。」地瓜答。

「她來了我們也不怕。」蛇怪人說：「不過就是隻用幻術騙人的老貓。」他雙眼閃閃發光，蛇信不時從嘴角竄出又收回，還補了一句：「別以為每條蛇、每隻鼠，都一定怕貓。」

「是呀。」鼠怪人聽蛇怪人這麼說，也壯著膽子，大力掐著地瓜，「聽到沒有，貓了不起呀，眞以為每隻老鼠都怕貓呀，我就不怕。」

「但婆婆也不是……普通的貓呀！」地瓜被掐得頭昏眼花，仍不服輸地說。「你不怕就一口吃了我，我等婆婆把我從你肚子裡揪出來。」

「我可以吃了之後躲久一點，把你拉成一坨屎，那老貓也能把你從屎捏回貓？」鼠怪人說到這裡，將地瓜塞進嘴裡，咕嚕一口嚥進肚子裡。

「我是叫你吃我，不是叫你把我塞進假人肚子裡。」地瓜的聲音自他肚子裡發出。

「我眞身就這點大，怎麼吃你這傢伙，我不是說要把你剝皮炒來吃嗎？」灰毛鼠的聲音也從肚子裡發出。「你怎麼這麼煩人？」

「你嫌我煩幹嘛又把我塞進來跟你擠在一起？你這假人肚子又臭又黏，噁不噁心！你弄斷我爪子跟骨頭，很痛知道嗎？待會我要叫婆婆宰了你。」

「混蛋，你這臭小貓給我閉嘴！」

一貓一鼠擠在作為傀儡的鼠怪人肚子裡吵起架來。

「別吵——」蛇怪人怒叱，大夥安靜下來，隱約聽見外頭有股沉重呼吸聲時遠時近。

「啊！」有個小弟忍不住低聲驚呼，指向鐵捲門方向。

眾人循著小弟手指望去，只見鐵捲門上的送信口外湊著隻混濁老邁的眼睛往裡頭瞧——那人影轉眼消失。

「嘶嘶——」蛇怪人飛快竄到門邊側耳傾聽，也湊近信口向外望了望，什麼也沒發現。

突然廚房方向發出喀啦一聲響，大夥兒轉頭，廚房後門已經敞開。

「鼠老弟，去看看！」蛇怪人說。

「唔……」鼠怪人只得硬著頭皮，躡手躡腳地踩過蛇，往廚房走。

「你不是說不怕貓嗎？」地瓜的聲音從鼠怪人肚子裡發出。

「我是不怕呀，貓有什麼好怕的！」灰毛鼠的聲音則從鼠怪人嘴巴裡發出。

鼠怪人來到廚房後門，探頭往防火巷望了望，只見巷內紅風瀰漫、彷如異界，他有點害怕地關上門，向裡頭回報：「什麼也沒有，只是風而已。」

「婆婆已經進屋了。」地瓜在鼠怪人肚子裡這麼說。

「你少騙人，別吵了。」鼠怪人揮拳搥了自己肚子。「你乖乖被我消化變成屎吧，我這身體雖是假身，但要消化一隻貓也不難，可惜沒辦法剝你的皮，大火快炒你了。」

「你拔我鬍子、弄斷我爪子。」地瓜仍不服氣地說：「婆婆會宰了你。她剛剛上樓了，你們沒發現嗎？」

錢莊大哥小弟們全抬起頭望著天花板，就連蛇鼠兄弟也抬起頭。

啪、啪啪、啪啪啪——

一陣奇異的彈珠彈地聲，自天花板響起。

「婆婆發糖果了、婆婆發糖果了！」地瓜在鼠怪人肚子裡尖叫，「可是我在老鼠怪肚子裡，我吃不到糖，怎麼辦？」

芋頭睜開眼睛，他被群鼠扛著、被蛇纏著，中了毒的身子動彈不得，只能盡力昂起腦袋，也望著天花板。

所有的貓兒全昂起頭，有些甚至張開嘴巴，仰向天花板。

啪、啪啪、啪啪啪——彈珠聲越來越響，自二樓樓梯滾下落到蛇堆裡，隱隱綻放光芒。

蛇群、老鼠、蟑螂、蜘蛛等有些厭惡那白晃晃的珠子發出的薄荷氣味，慢慢散開。

「喂，你帶人上去看看！」蛇怪人焦躁地向錢莊大哥下令。

錢莊大哥感到雙踝上的蛇稍稍捲緊了他的腳，像是對他威嚇催促，只得點了幾個小弟，命令他們上樓探探情況。

帶頭混混是錢莊大哥手下頭號悍將，被推去走在最前頭，硬著頭皮走上樓，突然驚呼一聲，見鬼一樣翻跌下樓。

一團紅霧自樓梯口瀰漫開來，眾人隱約見到有個矮小傴僂的老人身影走下樓，徐緩地往階梯一坐，從棉襖口袋裡抓了一把東西，往樓梯下撒開。

一粒粒雪白糖果嘩啦啦地彈滾下樓，落進樓梯口的蛇鼠堆中。

「啊！是糖果！我也要吃婆婆的糖果！」地瓜在鼠怪人肚子裡喵喵叫嚷。

那粒粒雪白圓糖飄散出的薄荷氣味熏得滿地蛇鼠騷動亂竄。

幾隻離樓梯口近的癱軟貓兒伸探脖子、張大嘴巴，有些伸出舌頭，有些盡力挺出爪子，終於勾到糖，咬進嘴裡，喀喀地咬碎、嚥下。

吃了糖的貓兒翻身站起，伏地拱背、橫耳炸毛，對蛇鼠兄弟哈氣怒吼，看來是恢復了力氣。

「那些糖能解毒！別讓貓吃糖——」蛇鼠怪人同時尖叫，兩人揮動大袖甩出更多蛇鼠。

錢莊大哥與小弟們一時間也不知該怎麼能阻止貓吃糖，有的去抓貓、有的去撿糖，他們不是讓貓絆倒，就是踩著蛇跌倒，麵包店裡霎時亂成一片。

解了毒的貓揮著爪子，猶如打桌球般，將陸續彈下的圓糖拍向各處，讓更多貓吃下。

芋頭終於咬著了一顆糖，咬碎嚥下，一雙眼睛炸射出凶光，怒吼一聲飛蹦上空，躍到鼠怪人腦袋上，重重一爪拍下，將鼠怪人腦袋都拍得凹了、頭骨都折斷了——

此時芋頭的怒火，彷彿找著了宣洩的出口，火山爆發了。

「大家別再貪吃這些髒東西啦，通通給我用爪子！聽到沒有！」芋頭幾爪扒開鼠怪人的身體、扯裂他食道、扒破他胃囊，將裡頭被消化到一半的地瓜扒出。

「糖嚕、糖嚕？我要吃糖……」地瓜被消化得爛糊糊的，只能隱約看出身體形狀，講話也含含糊糊、不清不楚。

「喝——」蛇怪人揚手要抓芋頭，他那竄出袖口的手，長得不似人臂，更像條大蟒尾巴，唰地甩去捲向芋頭。

芋頭抱著地瓜翻騰上半空，避開那古怪長手，落在樓梯口，從地上抓了糖就往地瓜嘴裡塞。

蛇怪人再次甩袖揮來怪手追襲芋頭，卻被樓梯口那團紅霧探出的一隻大爪揪個正著。

「喝！這哪是貓啊！」灰毛鼠從鼠怪人破裂的身子裡探出頭來，見到從紅霧探出的「貓爪」粗壯得如同成人大腿，黃毛底上壓著一條條黑紋，掌大得幾乎能夠包覆住成人腦袋，掌尖幾根彎勾爪子大得像豬肉攤掛豬肉的鐵鉤，彷彿一爪就能扒裂大地。灰毛鼠嚇得魂飛魄散，哆嗦地說：「原來這……這老太婆是、是、是……」

是世上許多種「貓」當中，最大的那一種。

「你知道有些貓長得比水牛還大嗎？」地瓜咕嚕嚕地吞下糖，本來爛糊糊的身子開始復元，搖搖晃晃地站起來，倏地竄上鼠怪人的身，在他身裡身外窮追灰毛鼠，但灰毛鼠溜得極快，轉眼便不知躲哪兒去了。

「嘶——」蛇怪人那彎長胳臂被樓梯口紅霧團裡伸出的巨大「貓爪」揪著，只覺得「貓爪」力大無窮，怎麼也無法掙脫，他被一吋吋拉去，直到整個身子都沒入了紅霧裡。

紅霧當中，那傴僂老婆婆的身影，像在拆解玩具，將蛇怪人的人身一塊塊扯開，往紅霧外頭丟。

「救命呀！虎姑婆吃人呀——」麵包店裡一片混亂，錢莊小弟屁滾尿流地往廚房奔逃、從後門逃出；錢莊大哥在混亂中被幾隻貓壓倒在地，先前那隻領路小貓從他手中搶回那張簽了名的不動產讓渡書，還在他臉上狠扒出幾道抓痕。

紅霧中，隱約可見符紙婆婆手裡揪著一條怪蛇，蛇肚鼓脹脹的，被符紙婆婆伸指劃了劃，破裂開來，滾出幾團東西，是先前被他吞下的幾隻貓兒。

符紙婆婆將四分五裂的蛇屍一團團扔出紅霧，甩了錢莊大哥滿臉蛇血，嚇得他再次重重滑了一跤，摔斷幾顆門牙，連滾帶爬地被小弟們拉出後門。

符紙婆婆抱起那些被蛇怪人吞下的貓兒走出紅霧，在一隻隻貓兒嘴裡塞了糖，讓他們的身子逐漸復元。

逐漸復元的幾隻貓兒從婆婆懷抱中躍下，幫忙驅趕撲殺店內蛇鼠，這滿室蛇鼠毒蟲都是蛇鼠兄弟以異術化出的假物，沒了兩兄弟坐鎮指揮，漸漸化成黑煙散去。

領路小貓咬著契約躍上櫃檯，符紙婆婆隨手拿起櫃檯上的原子筆，在那契約背面亂畫一陣，捏起來抖了抖，抖出了火光，將契約當成符燒了。

嚇傻的小姊妹和老夫妻望著火光，覺得有些睏倦，打了幾個哈欠，紛紛癱軟睡著。

他們其實沒有睡太久，頂多幾十分鐘而已。

老先生睜開眼睛，搖醒了老太太，又搖醒小姊妹，四人互望半晌，都不曉得怎麼會在這時刻打起瞌睡。

小姊妹的菜籃車就擺在櫃檯旁，裡頭蔬果一樣沒少，她倆似乎已經忘了剛剛發生過的事；老先生扭傷的腳踝也消腫不疼了，他甚至感到奇怪，自己幹嘛沒事在腳上貼塊膏藥；老太太的精神好了許多，彷如大病痊癒。

兩老開始忙著做晚餐，一面討論著麵包店何時重新開張，小姊妹跟進廚房幫忙洗菜備料，見到後門外路過的地瓜和芋頭，嘻嘻笑地朝著他們打招呼。「看，大貓帶著小貓耶，好可愛！」

「……」地瓜和芋頭見小姊妹和老夫妻不但忘記今晚發生的事，也忘了他們，連這陣子種種不愉快都全拋諸腦後，像是得到了一段新的記憶，知道符紙婆婆的符已生效，不再打擾她們，默默走遠。

反正只要這間麵包店重新開張，神通廣大的地瓜和芋頭要弄點紅豆麵包吃，也不是一件難事。

「可惜那臭老鼠怪跑得快，讓他逃了！哼！」地瓜氣呼呼地罵。

「來日方長，有一天會再碰面的。」芋頭淡淡地說。

□

黑夜。

錢莊大哥痛苦抓著頭臉，伏在馬桶前嘔吐不已。

他昏沉沉地洗臉漱口，照著鏡子只見自己臉上生出一大塊像是過敏斑點，又像燒燙傷痕的痕跡——形狀宛如一條蛇。

數小時前他被符紙婆婆灑了一臉蛇血，驚嚇逃出麵包店，帶著小弟逃回藏匿據點後，便覺得自己的身體不太舒服。

他覺得身體裡彷彿多了個陌生訪客，令他時常想要將舌頭伸出嘴外甩一甩。

他見到鏡子裡的自己，雙眼閃爍著異光，甩出嘴巴的舌尖竟微微分岔，終於明白董仔爲何不自己與蛇鼠兄弟交易，而將蛇鼠兄弟介紹給他了——

和那兩個傢伙打交道，似乎不太划算。

他想起蛇怪人在麵包店裡說過要索取的酬勞——

一半，以後他擁有的一切的一半。

且「擁有的一切」這範圍究竟如何定義，一切由蛇鼠兄弟說了算。

「連我的……身體……」錢莊大哥虛弱地說：「你也……要一半？」

「是呀，不然你以爲之前我那身體怎麼來的？」蛇怪人的聲音，冷冷地從錢莊大哥身體中發出。

此時錢莊大哥動作似乎俐落了些，走出廁所，伸了個懶腰，望著蹲坐滿地的小弟們，他們各個呆若木雞，嚇得渾身發抖。

本來的帶頭混混此刻正臉色青慘，跪在先前後座小弟面前，替他捏腳揉腿，大氣也不敢吭一聲。

小弟則窩在沙發裡吃著披薩，兩隻眼睛閃閃發亮，一張嘴巴微微向外突出，模樣和之前有些不同。

他的牙齒向外突出，眼睛小了一些，臉看起來更像是隻老鼠。

四周地板都爬滿蛇鼠毒蟲，門窗上攀著一條條大蜈蚣和毒蜘蛛，要從這地方逃出，很難很難。

這世上壞蛋很多，有普通的壞蛋。

也有比普通壞蛋更凶更惡的大壞蛋。

這兩種壞蛋有時會互相合作，有時也會弱肉強食。

第十一章　晚餐時間

推門走入符紙婆婆小房間裡的，是一尊約莫五十公分高的小木偶。

他的動作有些僵硬，顯得十分虛弱，剛進門就跌倒在地，又匆匆爬起，費力地攀上板凳，踩著板凳站起身，雙手按著老木桌桌面，對瞇瞇笑的婆婆深深一鞠躬。

「婆婆，我想求符。」

「你想求什麼符？」地瓜在桌子底下搶著問。

「你想求什麼符？」芋頭說。

「我想長出人的身體。」小木偶這麼說。

「人身血肉很貴喔！」地瓜急急地搶在芋頭開口前先回答。

「地瓜，別吵……」芋頭用爪子敲了敲木桌，不悅地瓜躲在桌下插嘴。他抖了抖尾巴，說：「人身血肉很貴，你——」

「你帶錢來了沒？」地瓜連珠炮似地問：「你空手來向婆婆求符？這是不行的，我告訴你，你——」

「地瓜！」芋頭躍下桌去驅趕躲在桌子底下不停搶他台詞的地瓜。「我才是值日生，你閉上嘴別妨礙我工作。」

「你眞的很壞耶！」地瓜在桌下鑽逃一會兒，被逼到角落，只好舉起小爪投降。「你讓我當一次值日生會怎樣？」

「你可以事先跟我商量，而不是在我工作時故意搗蛋。」芋頭賞了地瓜腦袋一爪子。

「我事先跟你商量，你會答應嗎？」地瓜摀著腦袋問。

「不會。」芋頭搖搖頭，轉身躍回桌上，小木偶正淚流滿面地對婆婆擺出祈求手勢。

「求求妳，婆婆——」小木偶哭著說：「我爺爺快死了，他在醫院裡，我想去看看他，我想帶東西給他吃，但我是木偶，沒辦法走進醫院，一定會嚇著人，我連在街上走路都很奇怪……求求妳，婆婆，讓我見爺爺最後一面，讓我陪他吃最後一頓飯……我才剛醒過來，我家很窮，沒有值錢的東西能送給婆婆，但我……」

小木偶說到這裡，竟爬上木桌，跪在符紙婆婆面前，不停磕頭。

「我獻出我自己！我願意永遠當婆婆的僕人！」

芋頭本來已經高高揚起爪子，似乎打算將爬上桌的小木偶一巴掌搧飛，但聽他說要獻出自己，便放下爪子——

過去那些求符客們，也總是將酬勞擺在桌上。

小木偶要獻出自己，那麼他將自己放上桌，也十分合理。

符紙婆婆呀呀笑地站起身，捏捏小木偶的木鼻子和木手指，像在檢視著自己的新玩具，彷彿十分滿意。

沒多久，符紙婆婆已經寫好一張符。

小木偶接過符，哭著向符紙婆婆道謝，然後一溜煙翻下椅子，奔出門外。

「婆婆！」地瓜委屈地蹦上桌，想向婆婆撒嬌。「芋頭打我！他——」

還沒說完，又被芋頭一腳踹下桌。

芋頭在桌上凝視了符紙婆婆一會兒，也躍下桌，叼起地瓜奔出門。

「你幹嘛啦？」地瓜被叼著後頸，不停揮拳亂扒。

「工作啦！」芋頭沒好氣地將他呸下地，用爪子撥著他的小身體，催促他加快腳步。

小木偶發現芋頭和地瓜追來，不明白他們的意圖，卻見芋頭扔來一盒火柴。

「謝謝你！貓咪。」小木偶感激地接下，這才想起還得點火燃符才能生效，趕忙用那雙加起來只有六根手指、不甚靈活的小木手，費力地撥著火柴盒，撥弄半天也取不出火柴，情急之下，力道大了，將整盒火柴撒了一地。

「嘖……」芋頭不耐地上前捻了根火柴，甚至沒摩擦盒面，只輕輕一搖，便晃出了火。

「謝謝！」小木偶捧著符湊向芋頭爪上那小小一團火。

符紙燒開，化為無數螢火蟲般的小光點，在小木偶身邊旋繞起來。

「哇——螢火蟲！我知道螢火蟲，爺爺有講過螢火蟲的故事！爺爺帶我去山上看過螢火蟲！」小木偶看傻了眼，被芋頭推了一把，才想起他還趕時間呢——

符紙婆婆的符有時間限制。

老先生的身體或許更急更趕。

小木偶飛奔著，雙腳踏在地上的觸感越發眞實，他甚至覺得自己每奔出一步，都長高了一些。

不只是以爲，是眞的長高了。從一個數十公分高的小木偶，變成了一百多公分高的小男孩，穿著一身和原本木偶造型差不多的服裝。

符紙婆婆的符生效了。

這其實是小木偶的身體第二次得到符紙婆婆的符力灌注。

前一張符，令他能跳能走能說話。

那是二十多年前的事了——

老先生的妻兒離世多年，禁不住孤單寂寞，帶著一筆微薄存款，和兒子生前最喜歡的木偶來向婆婆求符，祈求婆婆將小木偶變成他兒子的兒子。

他當過了爸爸，還沒當過爺爺，他想將小木偶當成自己的孫子。

然而要讓一個木偶長出活人血肉、長年陪伴在身邊，那價碼昂貴得老先生即便工作三輩子都賺不到。

經過一番討價還價，老先生還是求到了符——在每週末晚上七點到九點，小木偶會甦醒兩小時，陪他吃頓週末晚飯。

一年五十二頓飯，二十幾年下來，小木偶陪老先生吃了一千兩百多頓飯。

老先生每到週末，就喜孜孜地準備晚餐、準備故事，他會在小木偶睜開眼睛前就將他擺在墊高的木椅上。

每每小木偶眼睛一睜開，就會見到一桌熱騰騰的飯菜和點心。老先生並不富有，又將積蓄獻給婆婆，手頭更加拮据，每週末那頓簡陋飯菜已是他一週吃得最豐盛的一餐了，但他替小木偶準備的點心倒時常變化，有時是小布丁，有時是小蛋糕，有時是水梨，有時是整盤糖果。

小木偶口裡有條木舌頭，對於老先生準備的餐點其實吃不大出滋味，也說不上特別喜歡哪種點心哪道菜。

他其實更喜歡聽老先生說故事。

不管是眞的故事還是假的故事，不管是老先生的故事還是關於他妻兒過去的故事，不管是長的故事還是短短的故事——啊，若眞要讓他選，他其實還是喜歡短的故事。

因爲不用未完待續，苦等下週到來。

小木偶陪老先生吃了一千兩百多頓晚餐，聽了一千兩百多晚故事。

老先生喜歡講故事，他年輕時憑著一張嘴講故事討了個老婆，生了個兒子也愛聽他說故事，但好不容易等到兒子上學識字，沒能聽他說幾年故事，卻與母親一同意外身故，獨留老先生一人在世上，再也沒了聽眾。

老先生獨身頹廢多年，人生漫無目標，數次想要尋死，直到小木偶的出現，才讓老先生再次產生努力活下去的動力，日復一日拖著本就不算健康的身體四處幹些零碎雜工，一眨眼又撐過二十幾年。

這兩年的晚餐變得更簡陋寒酸，老先生摔瘸了腿，年邁得無力工作也無力下廚，只能靠微薄的救濟金加上善心鄰居接濟度日。

儘管如此，每到週末，老先生仍然會囑託老鄰居或是社工替他買個小布丁或是小點心。

小木偶從很早以前，就想坦承自己其實吃不太出各種食物的滋味，但一想到老先生或許會爲此失望沮喪，只好繼續僞裝，對不同的零食糕點做出各種驚奇又開心的反應。

「好好吃呀！軟軟的、香香的，這是什麼？」

「這是布丁。」

「是布丁呀，布丁好好吃呀！我喜歡布丁！好喜歡布丁！」

「對了，你還沒吃過荔枝，下次買點荔枝給你。」

「荔枝吃起來是什麼味道？」

「又甜又香，還有一點點酸……」

小木偶總是習慣在晚餐時打探下週零食的大概滋味，好讓他能在沉睡前在腦海中模擬一下適當反應。

自然，老先生也並非每週都能準備前一週講好的零食，有時剛好找不著、有時忘了前一週聊什麼、有時想給小木偶一些驚喜而做些改變，但小木偶倘若沒把握，便也機伶地講些模稜兩可的評語。「好好吃呀！我好喜歡呀！原來牛奶糖吃起來是這個味道呀……」

幾個月前，老先生更加衰弱，時常忘記晚餐時間，甚至晨昏不分。

小木偶會在睜眼後，默默窩在老先生身邊，望著他年邁的睡臉。

直到這個週末，他再次醒來，卻不見老先生。

他找了客廳，找了廚房，找了廁所，最後在餐桌上發現一張紙條，告訴他老先生人在醫院，要他別怕、別擔心，要他乖乖地在家等待老先生回家。

筆跡並非老先生的，是常來他家中幫忙的女社工留下的，老先生時常會對她說起小木偶的事。

只對她一個人說。

因爲其他人老先生都信不過。

女社工過去聽老先生提及他的小木偶，總是隨口敷衍。「好好好，我相信你，你乖乖的，別亂跑，我幫你買零食給他吃，你要是亂跑，他醒了找不到你，會嚇哭的。」

老先生這兩年說的故事時常歪七扭八、前言不對後語。他過去腦袋裡積存的那千百則故事，像是八寶粥般全混淆在一起，但他似乎記得女社工的提醒，時常愁眉苦臉地對小木偶說：

「要是有一天，我不在了，你怎麼辦喲？」

「我會一直陪在爺爺身邊！」小木偶總是笑嘻嘻地答。「爺爺不會不在，爺爺會長命百歲！」

老先生聽小木偶這麼講，有時會笑、有時會哭。

小木偶見老先生哭，也會陪著一起哭。

他暗暗猜想女社工留在桌上的紙條，或許是她在帶老先生上醫院時，爲了安撫老先生情緒，刻意寫給他看的。

他急得從餐桌上翻出老先生的藥袋，打電話去醫院詢問，探出老先生的消息——老先生狀況不佳，剛入院便昏迷不醒，隨時會離開人世。

小木偶急得哭了，他還有好多話想對老先生說。

至少他想替老先生準備一次晚餐，向老先生說點關於自己的故事，例如坦承自己的舌頭其實不太靈光這件事。

但他只是個木偶，這微薄的心願眞要付諸實行也不容易——他進商店買食物會嚇瘋客人，進醫院探病會嚇壞病人，光是要從老先生家出發，走過一條條人來人往的大街抵達醫院，就是一件艱鉅任務。

他想來想去，只能想到過去老先生時常提及的符紙婆婆。

據說老先生當年是從自家樓下某條防火巷深處，找去符紙婆婆那兒的。

他偷偷摸摸地溜出門，藉著夜色遁入防火巷。他其實曾出過家門，老先生偶爾會帶他去郊外野餐——自然，倘若四周有人，他會按照老先生事前囑咐，機伶地默不作聲，扮演普通的木偶。

他摸黑穿梭在防火巷角落，心中又急又怕，擔心找不著符紙婆婆，但他很幸運，沒多久便遇見一隻願意帶路的小黑貓。

找到婆婆，求了符，再次受到符力加持，變成了小男孩的模樣。

小木偶越奔越快，奔出了時光凍結的小巷，來到了大街。

在芋頭和地瓜帶路下，他奔過了好幾條大街，穿過許多小巷，終於抵達醫院，找著了老先生所在病房樓層。

小木偶啊了一聲，見到社工小姐坐在病房外的長椅上發呆。

社工小姐從未見過化爲人樣的小木偶，小木偶卻記得老先生形容她的樣子，也謹記著老先生過去的叮囑：千萬別嚇著任何人。他默默走過社工小姐面前，隱約見到她青澀臉龐上的悲傷神情和淚痕。

小木偶走入病房，經過幾張病床，不時踮腳瞧著那些病人模樣，沒有見到老先生。

他來到最後一張床位，那是張空床，沒有名牌，甚至連床單、枕頭都是乾淨未使用過的。

病房裡的空氣飄著悲傷的氣息，低微而規律的儀器聲彷如哀歌。

「芋頭，你記錯房間了！你這笨蛋！」地瓜喵喵叫著——此時只有小木偶能見到他們。

「不……」芋頭歪著頭想了想，又望了望病房中的大時鐘，跟著奔出病房，喊著裡頭的地瓜和小木偶：「跟我來……」

小木偶跟出病房，見芋頭和地瓜往另外一個方向跑，也準備跟去——他在社工小姐面前，深深一鞠躬。

「這段時間謝謝妳了，姊姊。」小木偶說完，頭也不回地繼續跑遠。

社工小姐望著小木偶的背影，露出茫然的神情。

芋頭和地瓜停在醫院地下室廊道末端一扇門前。

小木偶喘吁吁，終於跟上。

他認不得門上那幾個字，但感覺得到房裡透出一種沉靜悠遠的氣息，像是對這個世界道別的氣息。

門旁小櫃檯處的工作人員見到小木偶走近，訝異地前來攔阻，但他們一接近小木偶，立刻呆然地停下動作，彷彿睜著眼睛、站著進入了夢鄉。

芋頭和地瓜走過小木偶身邊，芋頭微微抬爪往門上一按，門就開了。

小木偶怯怯地跟著他們走了進去。四周冰寒寂寥，兩側聳立著一座座巨大金屬櫃，上頭是一塊塊方形小門。

芋頭停在大櫃角落位在最底層一面小門前，嗅了嗅門縫，揚爪撥開櫃門。

地瓜則以後足站起，將裡頭的大抽屜向外拉出。

躺在大抽屜裡的老先生緊閉著雙眼。

「爺爺、爺爺……」小木偶在老先生身旁跪下，搖了搖他胳臂，覺得他身子硬邦邦的。

「我來晚了嗎？」小木偶的眼淚倏然落在老先生的臉上。「我不會做菜，也沒錢買點心，沒辦法帶晚餐來給你……」

「我有點心。」地瓜伏在金屬抽屜門邊上，小爪子捧起幾顆糖。「這是婆婆的糖，讓你們當晚餐。」

「可以嗎？」小木偶伸出手，怯怯地問。「可是我沒有東西可以給婆婆了。」

「你吃吧。」芋頭說：「你獻出了自己，以後就是婆婆的奴僕了，婆婆包吃包住，賞你吃顆糖也沒什麼。」

「謝謝……」小木偶揀了顆大糖放入老先生口中，又揀了顆小糖自己吃下。儘管變成孩童模樣，但舌頭依舊不靈敏，僅能感到糖在他口中微微發出涼意。

「你剛剛說你不會煮菜？」地瓜問：「那你該會掃地、擦窗戶吧？」

「會……」小木偶抹著眼淚點點頭，他過去吃完晚餐後，也會幫著收拾餐桌，順便打掃房間。

「你會木工嗎？」地瓜問。「我想要一棟別墅，我的小窩都被其他臭貓睡臭了，我想要一個新房間。」

「爺爺會……」小木偶說：「他什麼都會，他會開飛機，會上山下海，會帶兵打仗，還會打恐龍。他什麼都會……」

「那是他編的故事。」地瓜打斷了小木偶的話，攀在他和老先生之間，說：「我跟你說，我要的床是那種有欄杆的。婆婆家外有個小草地，裡面有很多花，我要用那些花來鋪床……」

地瓜說到一半，感到身下一陣震動。

老先生坐了起來。

小木偶嚇呆，向後倒坐在地上。

老先生見到小木偶嚇呆的樣子，也露出愕然神情。「你……你是誰啊？」

老先生當然沒見過小木偶變成孩童的模樣，但覺得眼前小孩的眉宇神情，與他早逝的兒子隱約有些相似。

「老頭，時候到了。」芋頭這麼說：「你該付尾款了。」

「啊……」老先生呆了呆，轉頭望向四周，隨即翻出冰櫃，搖搖晃晃地撐著牆站起，突然感到全身發癢，忍不住伸手在身上扒抓起來。

同時，小木偶也啊呀呀地抓著身體，他也感到身體好癢，他越抓越大力，竟從臉上抓下了一片皮，嚇得尖叫起來：「哇——」

「啊！是你呀，乖乖，你怎麼來了？你怎麼變成了……」老先生見到小木偶身子緩緩縮小，扒下的臉皮底下，是他熟悉的那張小木臉。

「他來這裡，是因爲他也向婆婆買了一張符。」芋頭解釋。

「啊？」老先生不解地望著小木偶。「你也去向……婆婆買符，你買了什麼符？」

「我……我……」小木偶癢得在地上打滾，木身外的人皮鬆垮垮的又刺又麻又癢。地瓜在一旁幫著小木偶脫下人皮，喵嗚喵嗚地說：「快把皮脫下，脫下就不癢了。」另一邊，芋頭也扯下老先生大腿一塊皮，癢得老先生忍不住怪笑一聲，跌撞在金屬冰櫃上——他老邁的大腿底下，露出一截木腿。

「動作快點，外面的人快醒來了！」芋頭撲上老先生的身，左右掄著爪子幫老先生脫皮。

「你的木頭孫子醒來之後找不著你，向婆婆買了一張符，希望變成人類孩子，上醫院見你最後一面，陪你吃最後一餐飯。」

「什麼？」老先生摘去全身人皮，望著自己一雙木手，又看向也脫去人皮的小木偶，說：

「那你……付給婆婆什麼？」

小木偶搖搖晃晃地站起，又變回五十公分不到的小木偶了。他望著面貌與過去截然不同的老先生，彷彿有些害怕，緩緩地靠近。「你……你是爺爺？」

「他付給婆婆的代價，跟你當年一樣。」芋頭這麼說。「永世做婆婆的僕人。」

「什麼？」老先生驚訝摘去全身人皮，搖搖晃晃地站了起來，芋頭則將老先生撕下的人皮扔回冰櫃，輕輕推回櫃子抽屜——那些人皮在逐漸闔上的冰櫃裡重新拼湊回原本的模樣，倘若下一次有人開櫃，絕不會知道裡面的身體已經不一樣了。

在芋頭催促下，老木偶牽著還未搞清楚狀況的小木偶溜出醫院。他們來到大街，從街上車窗的倒影裡、從地上的水窪中，見到自己的樣子並不是老木偶和小木偶，而是一對模樣、穿著都十分正常的祖孫。

小木偶見到水窪裡老木偶的倒影，就和過去的老先生一模一樣時，才漸漸明白牽著他的老木偶，就是過去為他準備了一千兩百多頓晚餐的老先生。

當年老先生準備的錢不足夠買那麼長久的晚餐時間，便答應將自己的靈魂當作尾款，化為木偶，做婆婆僕人。

「所以……所以……」小木偶扯著喉嚨叫了起來。「我可以和爺爺永遠在一起嗎？爺爺不會離開人世了嗎？」

「你只說對一半喔。」芋頭糾正小木偶的說法。「老頭已經離開人世了，而你，本來就不該存在於人世——你們即將一起住進婆婆的世界。無論如何，你們確實可以一直在一起了。」

「爺爺！」小木偶對於芋頭口中那「存在」、「人世」等詞彙的定義不是很清楚，但至少他知道他和老先生不會分離了。

他蹦蹦跳著撲到老先生身上，搖著他的肩膀，一會兒看看老先生那張嶄新的木頭臉，一會兒看看倒影裡那張熟悉的老臉。「爺爺，你長得跟以前不一樣了！」

「哈哈！」老木偶也笑著，一手抱著小木偶，一手托著地瓜，肩上還挑著芋頭，在大街上走著。變成木偶的他，體力和腦袋反而比生前最後幾年要靈光許多。

他們沒有直接返回符紙婆婆的小巷子，而是來到一家大賣場，替婆婆帶些生活物資回去，這是芋頭派給身為僕人的他們的第一件工作。

小木偶坐在手推車裡的孩童座椅上，老木偶推著車，地瓜在推車籃裡翻滾玩耍，芋頭坐在老木偶肩上。

一旁的人不但看不見地瓜和芋頭，在他們眼中，老木偶和小木偶也只是一對尋常祖孫。

一對開心到要飛起來的祖孫。

老木偶推著小木偶經過一排排貨架，挑揀著晚餐食材，不停向地瓜和芋頭詢問符紙婆婆愛吃什麼。地瓜講了長長一串名單，全是自己愛吃的東西，還補充：「想吃什麼儘管拿，芋頭有信用卡，婆婆寫符賺了好多錢，把整家店買下來都不是問題喔！」

「爺爺……」小木偶想起了什麼，拉了拉老木偶的胳臂，說：「有件事……我一直想找機會跟你說，其實我吃不太出食物的味道……」

「那是以前、那是以前！」地瓜聽小木偶這麼說，立刻翻身來到老木偶肩上，要他往試吃攤位去。

他們來到推銷新鮮荔枝的試吃攤位前。

地瓜扒著老木偶的胳臂，指揮他扠起一小塊荔枝肉，湊向小木偶的嘴巴。

小木偶張口咬下，嚼了兩下，眼睛閃閃發光。

婆婆的兩顆糖果，一顆讓老先生脫去人皮、化作木偶；另一顆，讓小木偶的木舌頭獲得了味覺——

小木偶身為僕人，有朝一日也要學做菜，豈能沒有味覺呢。

荔枝又香又甜還帶著微微酸味，豐富的味道讓小木偶忍不住哭了。老木偶得知小木偶直到這時才能嚐著味道，心情激動，哽咽地推著他轉去零食區，搜刮過去餐桌上曾出現的小點心。

然後他們前往五金用品區挑選鋸子鐵鎚——芋頭說婆婆家沒有讓祖孫倆睡覺的房間，他們從明天開始，得在婆婆對門牆洞後那片美麗草坡樹上，蓋一間小樹屋，作為他們的僕人房。

地瓜說那棵樹很大，大得無際無邊，樹上樹下都是貓，足夠他們在樹上蓋許多間樹屋，最重要的，地瓜想要一間專屬樹屋，要有個專屬小陽台和有欄杆的床鋪；芋頭對屋內設施沒有太大意見，只叮囑樹屋要建在高處，可別擺在地上——在他的認知裡，擺在地上的木屋，是給狗住的。

然後，他們提著一袋袋點心、食材及五金工具，走回符紙婆婆那時光凍結的小巷子。婆婆蹲在牆洞前，逗著一旁的大貓小貓，見到地瓜和芋頭帶著一老一小的木偶回來，搖搖晃晃地站起，噫噫啊啊地喊著他們，像在抱怨什麼——老木偶和小木偶分別吃了一顆糖，但婆婆還沒吃晚餐，似乎餓壞了。

「婆婆，他們太開心了，開心到忘記時間，在賣場零食攤位逗留太久了。」芋頭搖著尾巴，兩側牆上轟隆隆地變化起來，浮現出一座有高有矮的石砌流理台、石砌大爐窯，還有擺著鍋碗瓢盆的大木櫃。四周大貓小貓撲向木偶們，搶下他們手中的袋子，咬出食材往各處流理台躍去，幫忙洗菜備料。

老木偶和小木偶來到符紙婆婆面前，先對婆婆深深一鞠躬，接著也忙碌地做起菜來。

老木偶大火快炒、小木偶幫忙端菜。符紙婆婆這兒吃東西沒太多規矩，飯菜裝盤之後不分先後，想吃就吃，老木偶將菜掃入盤裡，一隻隻貓兒立時撲上搶食，大咬著雞胸肉和魚。

符紙婆婆也端著一碗飯菜坐在門沿，連筷子都不用，直接用手抓著吃，吃得滿嘴菜餚汁液。她見小木偶端菜過來，頭上肩上擠滿貓咪，走路搖搖晃晃，噫噫啊啊地笑了。

地瓜則喋喋不休地繼續攀在老木偶肩上，交代他心目中專屬樹屋的種種細節構造，他希望他的樹屋比芋頭的更高，最好多造幾扇窗子，讓他可以躲在屋裡往外偷窺。

看著人世間種種變化。

看著人們開心或者哭泣。

看著善良的人收起愁容展露笑顏。

看著壞蛋一個個氣哭在地上打滾。

第十二章

講鬼公公

「事情是……這樣子的……」

削瘦男人臉色蒼白，畏畏縮縮地坐在老木桌前，對著符紙婆婆與桌上的大貓述說他求符緣由。

事情是這樣子的——

差不多在幾天前吧。男人前往某座大橋底下，尋找一位神祕的老頭子。

據說老頭子居無定所、四處流浪，時常在橋下出沒，身邊總是跟著成群流浪狗。

老頭子酷愛喝酒，喝醉了就說故事，他說出口的故事往往能成眞。

這是許多人喜歡帶著酒菜去找他說故事的原因。

但那些人時常會後悔、受驚，甚至惹上一身麻煩。

因爲老頭子只講鬼故事。

男人很快就找著了老頭子，他在大橋粱柱旁，倚著幾袋行囊望著腳邊空酒瓶發愣，身邊圍著十餘隻狗。

老頭子一見男人走近，便坐直了身子，一雙眼睛骨碌碌地盯著他手中提袋，還忍不住伸出舌頭舔舐嘴角。他知道又有人帶酒來孝敬他了。

男人二話不說，將酒菜一一擺在老頭面前——相當豐富，是幾袋滷味、鹽酥雞和幾瓶陳年高粱。

他甚至取出更多空碗空盤，倒滿高級狗飼料和狗罐頭。他顯然做足了功課，不但想討好老頭子，連老頭子身邊的狗兒也費心伺候。

狗兒們開心地吃起高級飼料和美味罐頭肉，老頭子也喜孜孜地喝酒吃菜，聽男人述說想聽什麼樣的故事——

畢竟，許多人提酒找老頭子說故事，是看在他能令故事成眞這點，自然得自行先提個大綱，誘老頭講出他們想聽，又盼望能實現的故事。

男人講起自己與女友相識的經過，講起與她交往的過程，數年的時間裡甜蜜浪漫，不久前兩人相約登山。

他在星光下向她求婚，她淚眼汪汪地答應了。

天捉弄人，他倆甚至沒能平安返家就發生意外。

她墜山身亡。

之後的每晚，她會在他床前默默望著他，神情哀淒苦楚，男人知道她掛念著自己。他雖然工作精明，但對於生活大小瑣事卻不在行，時常忘東忘西，是個生活白痴；兩人在一起時，他總是說：「倘若有一天沒有妳的話，我該怎麼辦呢？」她也總是說：「如果有一天，我不在你身邊了，我看你怎麼辦！」

這一天終於來了。

男人盡可能把一切事情做好，他學會打掃、整理房間，照著食譜學做菜，試著讓三餐營養均衡——他想讓她知道，自己正努力學習生活。

他要她放心，他要她知道自己能堅強地活下去，他要她別再哭了。

她一哭，他也要跟著哭了。

男人希望老頭子替這段殘缺的故事補上一個美好的結局，至少讓她能笑逐顏開、安心離去，別再執著於待在他身邊了。

「你想聽一個……能讓她笑的故事呀？」老頭子似懂非懂地抬起頭，望向男人身後。

她就站在不遠之處。

頭低低的、臉青青的，劉海遮住了眼睛，臉頰上依稀掛著淚痕。

「是……是……」男人這麼說，還急著補充：「一定要，讓她……安心、開心地離開，去她該去的地方。別……別再掛念著我，別再……出現在我面前了……」

「她離開了，但我還在世……我很累很累了……」男人垂頭拭淚。「我也……想要過新的人生……」

「你想讓她笑……而且讓她……別再出現在你面前！」老頭子咧嘴笑開，嘴裡缺了好幾顆牙，眼睛閃閃發亮，像是聽懂男人的意思了。

老頭子開始講起故事。

男人縮了縮身子，因爲他隱約瞥見她緩緩走來他身邊坐下，一同聽老頭說故事。

他頭垂得極低，肩頭微微顫抖，不時拭淚。

她也一樣，垂著頭，眼淚滑過臉龐，滴答落下。

老人笑呵呵地一口菜一口酒一句故事，一旁的狗兒吃完了乾糧，也安分地自個兒休息或玩耍，不吵不鬧。

有隻約莫一個月大的幼犬是例外，他蹦蹦跳跳，用稚嫩的聲音叫個不停，一會兒在老頭腿邊磨磨蹭蹭，不時想去搶食滷味和鹽酥雞，都被老頭用腳撥開；他有用不完的精力，一會兒在男人坐著的腳彎間鑽進鑽出，或扭著屁股湊近「她」的腳邊舔她的手。

她伸手摸了摸他。

小狗半伸舌頭仰首望著她的臉凝看，一改滿腔興奮之情開始哀怨起來，仰長了頸子對著空中殘月高高嚎叫幾聲，然後靜靜在她腳邊伏下，不再吵鬧了。

□

「哈哈，我就知道是高粱！高粱笨死了！他笨死了！」

地瓜在聽男人敘述老頭喝酒說故事時，不停插嘴問那狗兒中有沒有一隻吵鬧的小笨狗，男人點頭說有，地瓜在桌下扭身大笑。「高粱最擅長的事情，就是追自己的尾巴！」地瓜說到這裡，一面翻肚扭身、伸吐舌頭，還轉起圈圈追自己尾巴，模仿那隻小幼犬。

「他叫……高粱？」男人呆了呆，聽地瓜說才知道活潑小狗原來有名字，叫「高粱」。

「那老頭子是『講鬼公公』。」芋頭緩緩地說：「他和婆婆一樣，有點奇怪的本領。」

「芋頭，你錯了，你大錯特錯！」地瓜在桌下抗議。「講鬼公公腦袋有問題，你怎麼能拿婆婆和他比。他喝醉了就胡言亂語，一天到晚給我們惹麻煩！」

「是的。」芋頭順著地瓜的話繼續說：「講鬼公公的本事，就是讓故事成真——」

例如他心血來潮，講了個水鬼從河裡爬出來的故事，那麼圍在他身邊聽故事的人，十之八九就會見到一旁河裡眞爬出了隻水鬼，嚇得哇哇大叫。

講鬼公公講出口的故事，也不一定全部成眞，而是片片段段、零零星星，有些成眞，有些則無。

至於一則故事中，究竟哪些段落會成眞，沒人知道，或許連講鬼公公自己也摸不著頭緒，因此時常鬧出麻煩——

有些人只是無聊，想親眼瞧瞧鬼長什麼樣子，跑去找講鬼公公說故事，卻嚇得精神失常；有些人想見死去的親人一面，卻見到親人慘死模樣，反而愈加痛苦；有些人想陷害仇人，故意擬了詳細故事大綱，企圖誘使講鬼公公講個對仇人不利的鬼故事，反而嚇瘋自己。

有些人在講鬼公公那兒招惹上不該惹的東西後，便會驚恐焦急地尋找其他奇人異士幫忙，想驅趕講鬼公公講出的纏身鬼怪。

男人就是其中一個。

「原來你們比我更了解他……」男人睜大眼睛，有些驚喜地問：「那……那你們能救救我嗎？」

「通常是可以，婆婆接手處理過不少講鬼公公講出來的鬼。」芋頭說：「不過呢，從講鬼公公嘴巴講出來的鬼，有些很好處理，有些不太容易，也有少部分難纏透頂——事主為此付出的代價，有時高得驚人。」

「我……我帶了很多錢過來。」男人將一只手提箱抬上桌掀開，是滿滿的鈔票。

「嘿嘿。」芋頭望了望那箱鈔票，湊近嗅了嗅。「有一千萬。」

「是、是是……」男人連連點頭，說：「這樣夠不夠？能不能……讓我的女友安心離開……」

「老兄，你都還沒說後來講鬼公公到底把她講成什麼樣子了。」芋頭說完，敲了敲木桌，訓斥起底下的地瓜。「地瓜，你看你老是插嘴，把話題扯遠，這樣是妨礙我工作。」

地瓜模仿高粱追尾巴追了半天，有些累了，呈大字形躺在桌下，瞇著眼睛答：「那我們交換好了，你讓我當值日生上桌工作，你在桌子底下追尾巴妨礙我工作，要不要？」

芋頭不想理會地瓜，而是望著男人，示意他往下說。

男人吸了口氣，繼續說。

那晚講鬼公公講了個淒美動人的故事，從兩人陌生講到相愛、論及婚嫁。

再講到兩人山中遇難，然後……

故事與現實開始出現分歧——

男人原本說，她墜落山谷，數天後被尋獲了遺體。

但在講鬼公公的故事版本裡，她墜落山谷，跌進一個奇異幻境，那裡美麗得像奇幻電影場景，地上長滿翠草鮮花、天上彩虹伴著星光；可愛的小熊小鹿小貓小狗簇擁著她，用鼻子頂來一顆顆甜美果實讓她裹腹；小浣熊抱著她的手腳舔她傷口，那些傷口立刻不痛了——

當講鬼公公講到這裡，男人身旁的她微微發出光芒，胳臂、雙腿上的傷痕當眞慢慢退散，她略略仰起頭，露出美麗的眼睛，臉上的淚痕都閃閃發出光芒。

講鬼公公的故事似乎在她身上成眞，她感受到另一種不一樣的結局，撫慰了她的傷痛。

「這個結局很好呀。」地瓜從桌底下探出頭。「如果那糟老頭講到這裡就結束的話，那就沒事了，除非他又嘰嘰歪歪多嘴幾句。」

男人聽地瓜這麼說，只能抓頭苦笑。

當晚講鬼公公說到這裡時，他感到身邊的她微微騰起，臉上掛著微笑，直直飄在空中，周身縈繞著淡淡白光，彷如即將歸去的天使。

他以爲一切就要結束了。

偏偏講鬼公公手裡還有半瓶酒，說得意猶未盡，他將幾袋裡剩餘的鹽酥雞、滷味全倒進盤裡，不停用腳撥開又想跑來搶他鹽酥雞的高粱，瞇著眼睛斜倚著身子，看看騰空的她，看看低著頭的他。

「對了，差點漏了！」講鬼公公像個三心二意的小說家，寫到最後一刻，卻遲遲決定不了結局，他嘟嘟囔囔地說：「你說你希望她開心，不想她哭，想看她笑對不對？」

講鬼公公也不等男人回答，喝著酒，邊隨手抓起鹽酥雞滷味往嘴裡塞。

男人仍縮著身子，他覺得全身因長時間維持相同的姿勢，加上緊張驚恐而顯得僵硬痠疼，但講鬼公公故事不收尾，她一直飄在身旁。

他也一動也不敢動

「好呀，妳很開心，很開心、很開心！」講鬼公公大力拍了一下大腿，呀哈哈地對她說：「妳不能哭，妳要笑，知道嗎？他不喜歡妳哭，笑呀，妳快笑——」

她露出笑容，甚至發出了笑聲。

她的笑聲令一旁的他感到渾身發冷。

「還有呀，妳在山洞裡跟小兔子、小松鼠玩，他怎麼知道妳在笑呀，他想看妳開心呀，快爬出山洞，讓他看看妳開心的樣子，讓他聽見妳的笑聲！」講鬼公公興奮地比手畫腳。

然後，在講鬼公公版本的故事裡，女人笑著向可愛的小動物們道別，離開了那個美麗仙境，花了點時間，爬上山崖。

花了點時間，找回男人家裡。

日日夜夜對著他笑。

男人說不想她出現在他面前，所以她就只在他背後笑。

這就是男人憔悴驚恐地找上符紙婆婆幫忙的原因——

「原來是這樣呀，難怪我從剛剛就覺得奇怪，怎麼有個怪女人站在外頭……」地瓜從木桌下鑽到半掩的木門邊，探頭往外瞧。「對耶，她還在……嗯，她現在這樣算是在笑嗎？」

她就站在門外，似乎在等待他出來。

這段時間，她無時無刻都站在他背後笑——就連他洗澡、吃飯，甚至如廁時，都在他背後笑。

當他轉身時，她移動的速度並不太快，而是慢悠悠地晃去他背後，這反而令他盡可能不轉身，眞要轉身時，也會刻意放慢速度，給她足夠時間繞到背後。

他害怕與她四目相望。

他覺得她的笑容令他深感壓力。

他用毛巾蓋住了浴廁鏡子，收起家中所有鏡子，甚至將會反射倒影的大電視機都轉向牆面，就是為了盡量避免與她視線交會。

他雙膝上布滿瘀青，這可能是因為他在家中有不少時間都在下跪。

他沒辦法平躺睡覺，因為她會試圖鑽進他背底，他只好側睡，但背後傳來陣陣混雜著屍臭的鼻息和笑聲，令他徹夜難眠。

他在徹底崩潰之前，終於找上符紙婆婆求救。

「我大概知道了。」芋頭點點頭，又瞧了瞧桌上裝著千萬鈔票的手提箱，說：「我得跟你說清楚情況，免得害你花了冤枉錢——」

「如果你一開始來找婆婆，就沒那麼麻煩了。」芋頭繼續說：「但現在她聽了講鬼公公的故事，情況不一樣了。我剛剛說過——被講鬼公公點過名的鬼，有時會很難處理，你現在有幾種選擇——一、殺掉講鬼公公，這樣他的故事就失效了；二、跟你女友硬碰硬，想辦法除掉她；三、再去找講鬼公公，求他改口修改故事結局。」

「什麼……所以，你們沒辦法幫我嗎？」男人驚恐發抖。

「你別急，聽我說完。」芋頭說：「這三種方式不管你選哪一種，婆婆都能寫出幫得上忙的符，例如你能向婆婆買一張能殺死講鬼公公的符。但別忘了，人命很貴、很貴很貴，這張符的代價，通常會貴到你付不起的程度，桌上這一千萬，可能連一根手指都買不起。又或者，請婆婆寫一張宰掉你女朋友的符，殺鬼會比殺人便宜一點，不過……有時也會很貴啦，不一定，要看情況。再或者，你也可以求一張美酒符，比起前兩張符，美酒符便宜太多了──多退少補，你這箱鈔票說不定還有找呢。」

「美酒符的功能……是什麼？」男人問。

「能讓講鬼公公開心，讓他乖乖講出你想聽的故事。」芋頭這麼說：「這是我們和講鬼公公交手很多次後領悟到的心得。跟他講出來的鬼硬碰硬，不但很麻煩，甚至有點危險，不如用美酒收買他，哄他開心，講個皆大歡喜的結局，這樣大家都開心。」

「好、好……」男人微微喘著氣，好似在猶豫著該選擇哪種方法，他問：「貓大哥……你剛剛說……如果請婆婆寫一張消滅她的符，一千萬不夠嗎？」

「不一定喲。」芋頭雙眼閃爍著奇異的光芒。「我說過了，要看情況。」

「那……五千萬呢？」男人抹了抹汗，稍稍回頭，生怕門外的她聽見自己的話。

「老兄。」芋頭徐徐說道：「這裡不是讓你討價還價的地方。我剛剛說過了，多退少補。五千萬夠不夠買一條人命，或買一條鬼命，你自己判斷吧，可別再讓我說第三次了。」

「對、對不起……我失禮了。」男人嚥了幾口口水。「我想請婆婆寫一張美酒符。」

符紙婆婆本來都快打瞌睡了，聽男人這麼說，立刻笑呵呵地寫了張符，遞給他。

男人恭恭敬敬接下。

他吸了口氣，壓低了頭，開門離去。

她像之前一樣，等他走出門，緩慢地跟在背後，與他一同離去。

她的笑聲迴盪在時光凍結的巷子裡，那種聲音似乎會令聽見的人作些不太舒服的夢。

地瓜翹著屁股、豎著尾巴，走出木門，追到他身旁，跟著一起走。

「小貓……還有什麼事嗎？」他不解地問。「你爲什麼……也跟著我？」

「婆婆派我來幫你，她本來派芋頭出馬，但他討厭狗，所以婆婆派我來。」地瓜說：「那糟老頭喝醉了瘋瘋癲癲，有我陪著你，讓他知道你是婆婆客戶，多少會給點面子。」

「原來如此，太好了，謝謝你！」男人得到強援，向地瓜道謝。

在地瓜的指點下，男人前往一家名酒專賣店買了瓶高級威士忌，將美酒符貼在瓶身，才點火燒符。

美酒符化成一團紫色火焰，融入瓶中，使整瓶酒閃動朦朧螢光，湊近細看，還會發現酒中彷彿藏著一團銀河系，閃耀且美麗。

男人買了幾袋小吃，駕車駛向那座橋。

這過程中，她一直跟在他背後笑，有時貼得極近、有時離得稍遠；有時尖笑、有時淺笑；開車時她就坐在後座笑——他大部分時間都不敢看後照鏡，還將音響開得極大聲。

他們遠遠見到講鬼公公窩在橋墩旁的破瓦楞紙堆上。

沒有酒喝的時候，講鬼公公就望著河，玩玩身旁狗兒們的耳朵或尾巴，對著他們說些悄悄話。

圍繞在講鬼公公身邊的狗兒們見男人走來，都起身搖尾巴，知道又有人帶食物來孝敬他們了，但見男人腳邊跟著地瓜，如同見著掃把星，紛紛嗷嗚嗚地發出低吼威嚇。

「高粱——」地瓜仰長了頸子喵喵叫起：「起床啦，出來陪我玩！」

「嗷？」一隻小狗自橋墩後方草叢中豎起耳探出頭來，興高采烈地奔出來，甩著舌頭叫個不停地衝向地瓜——轉眼被地瓜撲上後背咬住脖子翻倒在地，活像是隻被老虎獵倒的大水牛。

「汪、汪汪汪！」高粱對於地瓜的攻擊一點也不介意，翻身要聞他屁股追他尾巴。

男人則是恭恭敬敬地提著美酒，來到講鬼公公面前。

講鬼公公大口嚥下口水，見男人有地瓜陪同，知道他現在的身分是符紙婆婆的顧客。沒有人知道講鬼公公給不給符紙婆婆面子，所有長眼睛的人若身在現場，都瞧得出講鬼公公此時體內三魂七魄，似乎都要被那瓶綻放著美麗光芒的威士忌勾走了。

「幹嘛、幹嘛？你也要來改我故事呀，要我講故事又老愛改我故事，很討厭喲！我最討厭你們了！」講鬼公公有點口是心非，一面抱怨一面挽手擦拭口水，還忍不住一把將酒搶來，將臉貼在瓶身上，瞪著眼睛瞧裡頭那有如極光、銀河般的瓊漿玉液，忍不住讚歎地哇哇叫嚷起來：「嘩！好漂亮、好好看呀！」

「小王八蛋，你要我改故事？你不知道我最討厭人家改我故事嗎？」他抬起頭，望著男人，嘴上仍罵個不停，但眼神中卻堆滿笑意。「上次的結局你不滿意？那你想怎麼改？快說你想聽什麼？不要浪費我時間！」

「講鬼公公……我希望……」男人向講鬼公公鞠了個躬，像上次一樣替他整備配菜，也替狗兒們揭開乾糧、罐頭。「請你將……我女朋友帶離我身邊，讓她去……她該去的地方……」

「你不喜歡她跟著你呀？」講鬼公公又將臉貼回酒瓶，透過銀河美酒望著男人的臉。也望著男人背後的她。

她的臉青森森的沒有一絲表情，像是早已做好準備，聽從講鬼公公一切吩咐。

「畢竟……人鬼殊途……」男人低著頭說：「我不能永遠這樣子下去，我還有我的人生要過……」

「要趕她走還管她笑不笑，說得不清不楚，哼！」講鬼公公倚著橋墩坐下，抓著男人倒上塑膠餐盤上的小菜往嘴裡塞，目光仍貼在瓶上，望著裡面絢爛美景，喃喃地說：「你們從學生時代就認識了——」

男人呆了呆，這句話，和講鬼公公上次開始講故事時的第一句話，一模一樣——

講鬼公公顯然想將故事全部重講一遍。

他可不敢有意見，只能提著小菜在講鬼公公面前端坐，一見哪盤稍空，便迅速補滿。

她站在他身後，一頭長髮隨著河岸冷風飄起，也聽著講鬼公公再次敘述他倆過往故事。

「幾個月前，你們按照之前的計畫登山。」

講鬼公公輕啜了口酒，然後長長呼出一口氣——被美酒符加持過的威士忌，只小小一口，就讓他覺得自己吞入了整個太陽系，兩隻眼睛旋轉起萬花筒般的神祕光芒。

「當天上午，你們在一家高級餐廳裡吃了頓豐盛的早午餐，然後出發——」講鬼公公歪著頭，閉著眼睛。「對了，你們上山前，路過一間彩券行，買了張當晚開獎的彩券。」

男人倒吸了一口冷氣。

前一次，講鬼公公的故事裡，沒有提到彩券。

你們一邊爬山、一邊聊天，從白天到晚上，你們按照計畫爬到了山頂，途中還在一條溪邊做了些色色的事情。

日落之前的天空好美，日落之後的星空也好美。你們在山上布置好帳篷，在星空下享用晚餐，聊著晚一點要不要再做一次色色的事情。

你們想起了上山前買的彩券，用手機看開獎直播。

天呀，你們眞中獎了，還是頭獎！

獎金有好幾億！

好棒，可以買好多好多酒喲，可以向臭老太婆買好多好多美酒符喲。

「喂！糟老頭，你嘴巴放乾淨點！」地瓜聽他稱符紙婆婆「臭老太婆」，氣得大罵：「總有一天喝死你這老酒鬼！」

「汪！」高粱撲上來咬地瓜脖子，咬地瓜屁股，咬地瓜的小尾巴和小爪子，當然不是眞咬，他愛死地瓜了，想跟他玩一輩子。

「好了啦，夠了、我膩了……」地瓜雖然也愛玩，但他的電力不像高粱那麼充沛，跟高粱打鬧一陣，漸漸想停了。

他想認眞聽講鬼公公說故事了。

但高粱永遠也玩不膩，他可以追著自己的尾巴跑上三天三夜，所以當面對會跑會跳會說話還會打他的地瓜時，他可以玩一輩子，他撲在地瓜身上，將地瓜全身都舔得黏答答的。

「停下，別再舔了……」地瓜一巴掌將高粱拍倒在地，正覺得自己好像用力稍大而感到有點歉疚，高粱又蹦起來咬他耳朵、脖子、屁股還有尾巴。

你們開始吵架了。

她說她想用彩金來償還爸爸經商失敗的欠債。你不答應，你想自己當老闆，用這幾億發展自己的生意。

她說那不如平分，她拿一半替爸爸還債，雖然一半不夠。

你說這也不是不行，但她那爛爸爸很快又會欠下新債，所有的獎金應該讓你拿去做生意，你剛好有個超棒的點子，就缺資金，只要砸錢下去一定會成功，會讓你搖身一變成爲亞洲的賈伯斯或是祖克柏；她說你少作夢了，你就跟她的爛爸爸一樣，半桶水響叮噹，明明沒半點本事，卻成天想創業當老闆，滿腦子錢滾錢、滿嘴生意經。最後通通失敗收場。

你說彩券是你花錢買的。

她說號碼是她選的。

你們吵得好兇、越吵越兇、越來越兇——

她提起你幾個月前跟一個女人眉來眼去的事，你提起她一年前搭了個男人的便車回家，兩人還傳了一陣子訊息的事。

你們吵得更兇了，都忘記不久前才甜蜜地說要再做一次色色的事情了。

你要她把彩券交給你保管，她說彩券她保管，你說她肯定會拿錢給她的爛爸爸，她說你比她的爛爸爸還爛十倍。

你們開始搶彩券。

她咬了你的手，你推了她一把。

她滾下山去。

你拿著彩券逃走了。

「夠了！夠了！夠了！」地瓜狂毆高粱，高粱被連環揍了十幾爪，終於吃痛退開，嗚嗚哀哀地走去女人腳邊伏下，不時抬頭望著地瓜。

地瓜舉起爪子，刻意模仿芋頭的眼神怒瞪高粱，他知道要是自己稍微心軟，給高粱好臉色瞧，高粱又會立刻衝上來舔他——他不是不喜歡高粱，他覺得高粱活潑可愛又有趣，但可愛也得有個分寸，高粱就是沒有分寸，把他舔成這樣，他帶著一身狗口水回婆婆家，可能會被芋頭一爪轟出門。

男人全身顫抖。

女人笑容僵硬。

講鬼公公繼續喝酒，繼續說故事。

她死掉了，變成鬼了，找上你了，你嚇壞了。

你來找我說故事，你說你不想看她哭，想讓她開心，我就叫她笑。

你說你不想她出現在你面前，我就叫她別出現在你面前。

結果你又不滿意，又要我改，我最討厭人家叫我改東改西了，要不是你帶來這瓶酒，我才不理你呢！哼！

「對不起，講鬼公公，是我不好，是我表達得不夠清楚，您別生氣！」男人撲通跪下，向講鬼公公連連磕起頭來。「我希望她離開我身邊，離得越遠越好——」

「聽到沒有。」講鬼公公喝著酒，瞇著眼睛望著女人，緩緩地說：「妳離開他吧，他不要妳了，妳也不用繼續笑了，看妳笑得那麼累……妳走吧……啊？妳不知道要去哪兒？那妳去找那臭老太婆吧，那臭老太婆可能會收留妳。她最無聊了，神經兮兮的什麼都收，跟個撿破爛的沒兩樣，哼！」

「喂，臭老酒鬼，你講故事就講故事，爲什麼一定要罵到婆婆？」地瓜氣嘟嘟地站起，他花了好半晌工夫在河岸砂石堆上磨蹭打滾，才將高粱的口水蹭掉九成。

「送你們女鬼你還囉嗦？你們到底要不要呀？」講鬼公公問。

「好呀，你要送我就代婆婆收下啦。」地瓜哼哼地對那女人說。「來吧，從今天開始，妳就是婆婆的人了。」

女人不再笑了，默默起身，望了男人一眼，跟地瓜走去。

地瓜突然想到什麼，又繞回男人身邊，說：「對了，剛剛芋頭是不是說，多退少補？」

「怎麼了？」男人倒抽了一口冷氣，說：「一千萬不夠買那張美酒符？你……你們想要多少？我該補多少？」

「不，你誤會了。」地瓜搖搖頭，說：「每張美酒符價錢不一樣，你買的這張很便宜，一千萬太多了……」他邊說，轉頭望了望跟在身後的女人，「你自己也看到了，你女朋友很乖呀，完全不反抗，老酒鬼要她怎樣她就怎樣，這件事太容易了，不值一千萬，多餘的酬勞我得退還給你。」

「是……是是……」男人連連點頭，不敢看女人一眼，她笑的時候令他膽戰心驚，現在不笑了，好像更可怕。

「可是我現在身上沒錢。」地瓜這麼說。

「沒……沒關係，我可以自己去……」男人哆嗦著，不敢抬起頭，他不想見到她的臉。

「不……算了算了，不用找了！那些錢就當我孝敬婆婆好了……」

「不行不行！」地瓜說：「一定要退，我們又不是黑店，我沒找你錢，婆婆會怪罪我的。」

「那……」男人問：「你的意思是……要我跟你回去拿錢？」

「不用啦，很麻煩耶，都幾點了，婆婆家早就打烊了啦！」地瓜說：「我把你女朋友退給你好了。」

「什麼？」男人瞪大眼睛，連連說：「不——」

地瓜轉頭望著女人，說：「妳已經是婆婆的人了，我是妳前輩，婆婆派我處理這件事，我說的話就是婆婆的意思。我把妳退給他，每天伺候他，妳願意嗎？」

女人點點頭，願意。

「不、不要——」男人瘋狂大吼。「小貓，你在說什麼？你們怎麼這樣？」

「好，妳去吧。」地瓜像個證婚人，用後足站起，指著男人說：「以後妳想怎麼伺候他都行，總之妳自己看著辦囉。」

「你們這是在耍我？你們聯手耍我？」男人崩潰大吼，衝上前一腳踢向地瓜，卻被一股怪力拉住了手腕，腳步不穩，摔倒在地。

是女人拉住了他。

「你幹嘛呀？我退個女朋友給你，你幹嘛踢我？你這人怎麼這樣？」地瓜氣憤地罵。

「哇！」男人感到手腕發出疼痛，女人握得極大力，一邊將他往河堤外的道路上拉。

「這麼晚了，該回家了。」地瓜對女人搖搖爪子，與他們道別。「床頭吵架床尾和，回家不要再吵架了，好好過日子吧，祝你們幸福。」

「不要、不要——」女人拉著他往路上拖，往他家的方向拖，似乎想牽他回家。男人驚恐哭叫：「救我！講鬼公公，救我！拜託，救我！我再帶酒給您——」

「我手上的酒都還沒喝完呢。」講鬼公公對被拉遠的男人搖了搖酒瓶。「你煩不煩，一直要我改故事，我最討厭人家要我改故事了——下次你再要我改，要帶兩瓶這種酒來，我才答應替你把女朋友趕去臭老太婆家！」

「那婆婆又要派我來把女朋友退給他了。」地瓜說。

「那他要帶四瓶這種酒，我才答應再替他把女朋友趕去給臭老太婆。」

「那婆婆又要派我來把女朋友退給他了。」

「那他要帶八瓶這種酒，我才答應再替他把女朋友趕去給臭老太婆。」

「你這糟老頭幹嘛一直罵婆婆臭？」

「你管我。」

講鬼公公啜飲著美酒，不時將眼睛湊在瓶身上，透過美酒裡的美麗銀河，瞧瞧河水，瞧瞧天空，瞧瞧每隻狗兒，瞧瞧再次撲去舔地瓜舔到地瓜生煩將他揍倒在地的高粱。

講鬼公公突然想瞧瞧男人——但男人已經被女朋友拖離了河岸，瞧不見了，只能隱約聽到遠處路上，男人發出的痛哭聲與慘號聲。

他好像很不情願跟女朋友回家呢。

但反正他獨佔了彩券，中了好幾億，可以繼續買美酒符，來橋下求講鬼公公把女朋友趕走。講鬼公公不知道該將她趕給誰，應該還是會趕去符紙婆婆家吧。至於符紙婆婆要怎麼處置她，或是要將她轉送給誰，講鬼公公也管不著，也懶得管。

講鬼公公只要有酒喝就行了。

《符紙婆婆　詭語怪談1》完

後記

我挺喜歡寫老人家的故事。

《太歲》裡的六婆、方留文及老人院裡那些老爺爺們；《百兵》裡衛靖外公楊仇飛、老許和水半天；《月與火犬》裡的酒老頭、杜恩博士；《偷心賊》裡的強爺和王茱瑛；《乩身》裡的管理員老爺子……

或許是因為這些老人家們會讓我想起我的外公、外婆和我的奶奶。（我爺爺在我爸爸年幼時便過世了，他甚至沒有變老的機會。）

比起外婆和奶奶，我是外公帶大的，因此我跟外公特別親。

外公在我三、四歲大的時候，將紙盒剪成一塊塊方形紙片，在紙片上寫上一個個國字，放在桶子裡隨手抓出來教我認字，所以我在上小學前，就認得許多字，可以自己看懂故事書。

除此之外，我外公也常對我講故事，他最常講《三國演義》裡關雲長過五關斬六將的故事，或是《水滸傳》裡武松打老虎、黑旋風李逵的故事，又或是十三妹行俠仗義的故事。

然而同樣的故事聽久了總會膩，我開始不滿足，我會要求外公照著我的意思講故事。

我記得有次外公講了個令我不滿意的故事，我就哭著抓狂大吵大鬧，他說「那他改行了吧」，我說「都講出口了，再改也沒用」——

這是什麼欠揍屁孩邏輯？

總之我小時候就是這麼欠揍。

我還會自己預設情節發展方向，要我外公照著我的意思講，例如我覺得十三妹老是打贏，不好玩，我想看她打輸被俘虜、被欺負、被綁起來虐待的橋段。

我已經記不太清楚我外公那時究竟有沒有照著我的期待講這故事了，好像有吧，但講出來的故事過程和尺度好像沒辦法滿足我。

我只好自己幻想——我記得非常清楚的是，那時電視上有播類似《金剛戰士》的特攝影集，有五個分別穿著紅綠黃藍粉紅色的戰士們跟壞蛋打鬥。

我常會幻想粉紅戰士被壞人綁架欺負羞辱的橋段，想想真是可怕，那時我才小學低年級，這樣的幻想似乎有點變態。

我這段廢話想表達的並不是我從小就很變態這件事，而是想表達我從小就不願乖乖當個「故事接收者」，而喜歡掌控故事，讓故事順著我意思走。

當這種故事掌控欲超出了一個界線後，偶爾回味自己的舊故事都會開始不滿足，對於同一個題目想要舉一反三，好比說我曾經寫過一篇關於守護靈的故事，講一群中國生玩碟仙，召喚出纏身惡鬼，因此惹禍上身。

重看時我對於守護靈及其與人之間的互動，開始有了新的想法：一些新的人，請出了幾位新的守護靈，會發生什麼事呢——

這就是「詭語怪談」第二彈的起源。

星子
於新北中和
2018.5.15

Tales of Mystery

詭語怪談系列 下集預告

守護靈有各種面貌、有善有惡；可以用碟仙請，也可以用各種方式請，只不過——你確定請出來的「朋友」，真的是「朋友」嗎？

國家圖書館出版品預行編目資料

符紙婆婆 / 星子 著.——初版.
——台北市：蓋亞文化，2018.5
冊； 公分. -- (星子故事書房 ; TS005)(詭語怪談系列)
ISBN 978-986-319-344-9（平裝）

857.7 107005746

星子故事書房 TS005

符紙婆婆 詭語怪談系列

作　　者　星子（teensy）
封面設計　莊謹銘
責任編輯　遲懷廷
總 編 輯　沈育如
發 行 人　陳常智
出 版 社　蓋亞文化有限公司
　　　　　地址：台北市103承德路二段75巷35號1樓
　　　　　電話：02-2558-5438　　傳真：02-2558-5439
　　　　　電子信箱：gaea@gaeabooks.com.tw
　　　　　投稿信箱：editor@gaeabooks.com.tw
　　　　　郵撥帳號 19769541　戶名：蓋亞文化有限公司
法律顧問　宇達經貿法律事務所
總 經 銷　聯合發行股份有限公司
　　　　　地址：新北市新店區寶橋路二三五巷六弄六號二樓
　　　　　電話：02-2917-8022　　傳真：02-2915-6275
港澳地區　一代匯集
　　　　　地址：九龍旺角塘尾道64號龍駒企業大廈10樓B&D室
　　　　　電話：+852-2783-8102　　傳真：+852-2396-0050
初版七刷　2020年1月
定　　價　新台幣 250 元
Published and printed in Taiwan

ISBN 978-986-319-344-9

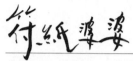

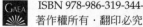

GAEA

GAEA